Erinnerungsschatten

Roman

Diana Hübner

Erinnerungsschatten

Für Jeannette

Erinnerungsschatten

Diana Hübner

Die Autorin

Diana Hübner wurde 1974 in Südthüringen geboren und lebt noch immer mit ihrer Familie in ihrem kleinen Heimatdorf in der Nähe des Rennsteiges.
Hauptberuflich ist sie Polizeibeamtin und Mutter dreier Töchter.
Diana Hübner schrieb bereits in jungen Jahren Geschichten, Gedichte und kleine Theaterstücke und hat sich nunmehr mit ihren Romanen einen Kindheitstraum erfüllt.
Nach den bereits veröffentlichten Romanen **„Traumleuchten"** und **„Seelentrost"** aus dem Jahr 2014, **„Un(d)endlich ich"** und **„Tor zur Vergangenheit"** aus 2015, **„Finde mich!"** aus 2017, **„Mutterlüge"** aus 2018 und **„Wenn das Leben einfach passiert"** aus 2019 ist **„Erinnerungsschatten"** nun das aktuelle Werk der Autorin.

Exposé

Ein Kindheitstraum wird wahr, als Ella mit dem besten Studienabschluss und dem Gewinn eines Auswahlverfahrens eines renommierten Modehauses in New York zum neuen Stern am Modehimmel wird.

Wenige Jahre später ist sie Inhaberin ihres eigenen Labels. Ihr Leben ist scheinbar perfekt.

Doch mehr und mehr fühlt sie, dass sie nicht in dieses Leben passt.

Als Ella nach dem unerwarteten Tod ihrer Großtante deren Landhaus in South Carolina erbt, lässt sie der Gedanke nicht mehr los, einen ganz neuen Weg zu gehen.

Auf eher ungewöhnliche Weise begegnet sie Aiden, mit dem sie eine zwanglose, aber sehr intensive Beziehung eingeht. Aber hinter der glänzenden Fassade dieses Mannes verbirgt sich ein furchtbares Geheimnis, und als sich Ella dessen bewusst wird, steht plötzlich ihr Leben auf dem Spiel…

Erinnerungsschatten

8

Neubeginn...

Warum ist es so schwer zu verstehen,

dass es Zeit ist, einen anderen Weg zu gehen?

Es ist so lange her, dass man wirklich glücklich war

und unbeschwert in die Zukunft sah.

Das Leben hatte seinen eigenen Plan,

Schmerz, Verletzung und Enttäuschung

bis es unerträglich war.

Träume verblassen,

wenn wir durch den Alltag hasten,

werden zu Schatten der Erinnerungen...

sie noch zu spüren wird nicht gelingen.

Dinge werden wichtig, die es gar nicht sind,

für Wünsche wird man allmählich blind…

erst wenn die Seele zu weinen beginnt,

erkennt man, was Glück, Zufriedenheit und Erfüllung sind.

Doch allein die Einsicht reicht nicht aus!

Wie kommt man aus dieser Oberflächlichkeit heraus?

Wie gibt man auf sich acht,

wenn es die Gewohnheit fast unmöglich macht?

Es ist die ANGST, neue Wege zu bestreiten,

sich selbst bei den ersten Schritten zu beschreiten!

ABER!

Angst ist nur ein Gefühl,

welches uns davon abhalten will,

unser Seelenheil zu finden,

Hoffnungen und Bedürfnisse zu erfüllen.

Der Schmerz freizugeben, was man glaubt zu besitzen,

um den äußeren Schein zu wahren und den inneren zu stützen,

es fällt unsagbar schwer, sich darauf einzulassen,

die Vergangenheit einfach loszulassen...

Erinnerungsschatten

12

Prolog

Ella hatte es geschafft, ihren Traum zu verwirklichen. Sie hatte ein Modeunternehmen gegründet und allmählich stieg sie auf der Erfolgsleiter ganz nach oben. Und obwohl sie erst am Anfang stand und noch Großes vor ihr lag, plagten sie Zweifel. Zweifel daran, auf dem richtigen Weg zu sein in eine Welt, die ihr zunehmend fremd, skurril und oberflächlich erschien.

Als sie erfährt, dass ihre Großtante verstorben ist und sie zu deren Beerdigung nach Hause zu ihrer Familie kommt, erwarten sie Neuigkeiten, mit denen sie nicht gerechnet hatte. Nicht nur ihre Eltern, die für sie eine Bilderbuchehe geführt hatten, lebten getrennt, auch ihre Freundinnen aus der Schulzeit hatten sich sehr verändert. Ihre Träume aus Kindertagen waren andere geworden oder waren unerfüllt geblieben. Aber Ella sollte die Gelegenheit bekommen, genau das herauszufinden. Sie erbt das Landhaus ihrer Großtante, in der sie einen Großteil ihrer Kindheit verbracht hatte und beginnt, ihr Leben neu zu überdenken.

Sie lernt einen jungen Mann kennen, dessen wahre Identität sie zu spät erkennt und gerät dadurch in einen Strudel von Verwicklungen, an dem auch ihre verstorbene Großtante nicht unbeteiligt zu sein scheint. Als Ella offenbar wird, was vor vielen Jahren geschehen ist, ist plötzlich auch ihr eigenes Leben in Gefahr.

1

Ella atmete erleichtert auf. Es waren alle anwesend, die Rang und Namen hatten. Die Modenschau bei der The One Milano Modemesse in der Fiera Milano City war ein voller Erfolg geworden. Sie hatte ein ganzes Jahr auf dieses Ereignis hingearbeitet, unzählige neue Modetrends für die kommende Saison entworfen, aber auch die meisten davon wieder zerrissen. Am Ende durfte sie ihre neue Sommerkollektion mit insgesamt 15 neuen Stücken in Mailand vorstellen. Noch vor Jahren hätte sie nie im Traum daran gedacht, einmal auf diesem Laufsteg mit stehenden Ovationen für ihre Arbeit belohnt zu werden.

Zu Beginn der Modemesse war alles noch in Chaos versunken. Ihre Assistentin Miranda war zwei Tage vor der Show krank geworden und noch bis zehn Minuten vor der Veranstaltung waren zwei Kleider der neuen Kollektion in die Änderung gekommen. Zu allem Überfluss hatte sich ihr Lieblingsmodel Gina auch noch vor Lampenfieber in der Garderobe verkrochen. Kein guter Anfang, aber am Ende war alles gut gegangen. Sehr gut sogar.

Der Applaus hielt noch immer an und Ella genoss ihn. Sie fühlte sich wie in einem Rausch, war unsagbar stolz auf das, was sie mit Anfang 30 bereits erreicht hatte… aber sie war nachdenklich geworden.

In den letzten Wochen waren ihr immer wieder Zweifel gekommen. Nicht an ihrem Können, nicht an der Fähigkeit, immer wieder neue Ideen zu haben und mit ihrem kleinen Modeunternehmen mit den großen Labels dieser Welt konkurrieren zu können. Es war vielmehr so, dass sich Ella in dieser Welt der High Society nicht mehr wohl fühlte. Es schien ihr etwas zu fehlen, auch wenn sie nicht genau sagen konnte, was es war. Zugegeben, zu Beginn ihrer Karriere hatte sie sich nichts sehnlicher gewünscht als dazuzugehören, mit ihren Kleidern die Stars zu begeistern und ebenfalls einer zu werden. Doch nach und nach hatte sie das Gefühl beschlichen, dass sie noch etwas mehr von ihrem Leben erwartete. Immer öfter hatte sie sich dabei ertappt, dass sie sich nach ihrem ruhiges Leben in der Kleinstadt zurücksehnte, nach ihrer Familie, einem Leben ohne Hektik und den ständigen Druck, immer präsent und perfekt sein zu müssen. Vielleicht würde es doch möglich sein, eine eigene kleine Familie zu haben, in der nichts weiter zählte als Zusammenhalt, Zufriedenheit und Liebe und in der die Oberflächlichkeit ihrer Branche absolut keinen Platz hatte.

Gina riss Ella plötzlich aus ihren Gedanken, als sie ihr nach Abebben des Applauses hinter der Bühne um den Hals fiel und ihr ein Glas Champagner in die Hand drückte. Sie war schon ein kleines Phänomen, dieses junge Mädchen. Noch vor einer Stunde hatte sie sich vor dem Auftritt drücken wollen, weil sie zu aufgeregt war, um sich dem Publikum zu präsentieren. Aber jetzt war sie wieder ganz die Alte. Flippig, natürlich, lieb und ein klein wenig naiv. Ella mochte sie einfach. Sie war ihr sehr ähnlich, wie eine kleine Schwester die sie nicht hatte.

Ella gab sich Mühe, gut auf sie zu achten. In diesem Geschäft war es nicht unüblich, dass man in Süchte abrutschte, seien es der Alkohol, die Drogen oder die Magersucht. Zu viel hatte sie schon miterlebt und das wollte sie Gina einfach ersparen. Doch zu große Sorgen musste sich Ella nicht machen. Gina war eine natürliche Schönheit, die mit ihren 23 Jahren das Selbstbewusstsein einer 40-Jährigen hatte, weder trank noch rauchte, dafür aber für ihr Leben gern aß.

Nachdem sich alle versammelt hatten, um auf den gelungenen Abend anzustoßen, und Ella noch eine kurze Rede gehalten hatte, verabschiedete sie sich. Sie ging in ihre Garderobe, streifte die High Heels ab, löste die Spange aus ihrem langen Haar, legte ihren Poncho um und kroch in bequeme Schuhe.

Wenig später saß sie auf der Terrasse ihres Hotels bei einem Glas Chianti. Die After-Show-Party hatte sie heute überhaupt nicht gereizt.

Sie schloss die Augen und ließ den Abend Revue passieren. Jetzt endlich hatte sie ein wenig Zeit durchzuatmen. Die vergangenen Wochen waren stressig gewesen und auch die kommenden würden es werden. Es mussten gute Verträge für den Verkauf ihrer Kollektion gemacht, Gespräche mit Managern anderer Labels geführt werden und natürlich stand die Fashion Week in New York an. Das Geschäftliche übernahm in der Regel ihr Finanzmanager Mike, zudem ein sehr guter Freund, dem Ella vertraute, aber das letzte Wort hatte noch immer sie. Aber nicht heute, nicht jetzt…

Diese Momente der Ruhe und Entspannung waren für Ella so wertvoll, dass sie einfach nicht an das Geschäft denken wollte.

Der Wind fuhr ihr sanft durch das Haar, als sie an ihrem Glas nippte. Es war ganz still. Der Lärm der Stadt schien verstummt, als ob auch sie eine Pause nötig hatte, und plötzlich hatte Ella Heimweh. Sie dachte an das Haus ihrer Eltern in ihrer wunderschönen Heimatstadt Summerville, den großen Garten, in dem sie mit ihrem Vater Richard jedes Jahr für das Flowertown Festival ein neues Kunstwerk entworfen hatte und dabei ihre neuesten Kleiderentwürfe getragen hatte. Sie musste lachen, als sie daran zurückdachte. Einmal hatte sie ein neues Kleid zerschnitten, es vollkommen anders zusammengenäht und es stolz ihren Eltern präsentiert. Grace, ihre Mutter war kreidebleich geworden. Ihr Vater konnte sich das Lachen nicht verkneifen und am Ende brachen beide in Gelächter aus.

Wenige Tage später trug sie ihr selbstgenähtes Kleid stolz auf dem Festival und stahl damit allen Kunstwerken, die Holzskulpturen am Stand ihres Vaters eingeschlossen, die Show. Das war wohl der Beginn ihrer sagenhaften Karriere gewesen, dachte Ella schmunzelnd.

„Miss Ella Baker?"

Die junge Frau schreckte auf. Ein akkurat gekleideter Kellner stand ihr gegenüber und sah sie fragend an.

Ella nickte und er reichte ihr im Gegenzug ein Telefon.

„Ein Anruf für Sie, Miss."

Sie nahm den Anruf verwundert entgegen.

Ihre Mutter Grace sprach mit gebrochener Stimme.

„Schatz, ich habe dich auf dem Handy nicht erreicht. Deshalb habe ich gehofft, dass du bereits im Hotel bist. Es ist sehr wichtig."

Ella wurde unruhig. Sie telefonierte fast täglich mit ihrer Mutter und redete über alles mit ihr. Wenn Grace sie jetzt anrief, musste etwas passiert sein.

Sie hielt den Atem an. Grace hingegen holte tief Luft.

„Tante Millie ist heute Nachmittag verstorben."

Ella konnte nicht antworten. Ihr Hals schnürte sich zu und sie begann zu weinen. So lange hatte sie ihre Tante nicht gesehen, der es zuletzt gesundheitlich sehr schlecht ging. Nachdem sie nach New York gegangen war, hatten sie zwar oft telefoniert, sich aber nur noch selten gesehen.

„Die Andacht und Trauerfeier findet nächste Woche in der First Baptist Church in Bonneau statt, kannst du es einrichten, dabei zu sein?" Man merkte ihrer Mutter an, wie nahe auch ihr der Tod Millies ging.

„Natürlich, Mum", antwortete Ella sofort, nachdem sie sich etwas erholt hatte. „Ich werde da sein."

2

Gerade war das Flugzeug in Charlston, South Carolina gelandet, als Ellas Handy klingelte. Mike schrie förmlich am Telefon.

„Du kannst mich hier nicht alleine lassen, die Agenturen treten mir die Türen ein, das Telefon steht nicht still! Du bist gefragter denn je und ich komme mit diesem ganzen Stress nicht allein klar!"

Ella huschte ein Lächeln über die Lippen. Sie liebte Mikes Ausbrüche, sobald er sich überfordert fühlte, es aber keineswegs war. Er musste nur ab und an eine kleine Szene machen und etwas bemuttert werden. Sein letzter Freund konnte ein Liedchen davon singen und Ella eben auch. Sie wartete noch einen kleinen Augenblick, bevor sie ihm, gewohnt entspannt, etwas Honig um seinen adretten Dreitagebart schmierte.

„Ich bin überzeugt, dass du alles im Griff hast. Du bist der beste und ich weiß, dass du ein paar Tage ohne mich auskommen wirst. Bis zum Vertragsabschluss bin ich zurück, versprochen."

Nachdem Mike ihr noch mindestens zehn Mal versichert hatte, dass sie ihn mit dieser Verantwortung umbringen würde, legte sie lächelnd auf.

Noch etwa eine Stunde Fahrt und sie wäre endlich zu Hause.

Es war lange her, zu lange. Sie vermisste ihre Eltern, ihr hübsches Haus, die Unbeschwertheit und Tante Millie. Dass sie sich ein letztes Mal von ihr verabschieden musste, fiel ihr sehr schwer. Sie hatte als Kind oft die Ferien bei ihr verbracht, sie hatten in ihrem gemütlichen Landhaus am Lake Moultrie im Francis Marion Forest gemeinsam gebacken, lange Spaziergänge am See gemacht und oft den Sternenhimmel beobachtet…

Ein Schnalzen riss Ella aus ihren Erinnerungen. Dieses ungewöhnliche Geräusch kannte sie nur zu gut, es konnte nur eines bedeuten. Ihr Vater! Sie drehte sich herum und da stand er! Ella ließ vor Überraschung ihren Koffer fallen und sprang ihm um den Hals.

„Dad! Ich glaube es nicht! Du hättest mich doch nicht abholen müssen, ich hätte doch…"

„Na nun mal langsam, ich lasse es mir doch nicht nehmen, Miss Ella Baker persönlich zu empfangen und in ihr behütetes Heim zu bringen. Lass dich mal ansehen, Kleines!"

Richard löste sich von seiner Tochter und sah prüfend an ihr herab.

„Dünn bist du geworden, aber so schön wie eh und je."

Er grinste und gab ihr einen kleinen Klaps.

„Aber ich bin mir sicher, Mum bekommt es hin, unsere berühmte Großstadtlady mit ihren Kochkünsten wieder etwas aufzubauen."

Ella verdrehte die Augen und dachte, dass sie herzlich von ihrer Mutter umsorgt werden würde… Aber genau das wollte sie jetzt auch.

Auf der Dorchester Road war Ella mental bereits angekommen. Das herrliche Grün der kleinen Wäldchen, die nur einzeln stehende Häuser voneinander trennten, hatte sie schon fast vergessen. In New York war man nicht mit so viel herrlicher Natur gesegnet, es sei denn, man fuhr ab und an in die Hamptons.

Ella hatte auf Einladung eines Kunden einmal das Vergnügen gehabt. Wie sich herausstellte, war der Grund der Einladung in die Hamptons jedoch ein völlig anderer gewesen, als sie angenommen hatte. Bereits am nächsten Morgen war sie zurück in New York und spülte ihre Naivität mit einem ordentlichen Glas Gin hinunter. Mr. George Lang, der vorgegeben hatte, seine Mutter mit Ellas neuer Kollektion einkleiden zu wollen, hatte sie wohl als potentiellen Kunden verloren.

Es war lustig, wenn sie jetzt darüber nachdachte, wie naiv sie damals gewesen war, und sie war nach all der

Zeit noch immer froh, einigermaßen ungeschoren aus diesem eigentlichen Date mit gewissen Erwartungen herausgekommen zu sein.

Richard sprach während der Fahrt kaum mit seiner Tochter. Er sah sie nur immer wieder an und lächelte. Sie öffnete das Fenster, hielt ihren Kopf hinaus und schloss die Augen. Es roch nach frischer Natur, nach Wald, gemischt mit einem Hauch von Seeluft, die sie so vermisst hatte… nach zu Hause.

Ella hörte ihren Vater lachen.

„Du hast es nicht verlernt; wann immer wir mit dem Auto unterwegs waren, hast du als Kind den Kopf zum Fenster hinaus gesteckt und dich dabei wohl gefühlt. Es ist schön zu sehen, dass es dir so gut geht." Richards Augen leuchteten. Er war froh, sein kleines Mädchen wieder bei sich zu haben. Es ließ ihn die Trauer um seine Tante Milli etwas besser ertragen und auch die Einsamkeit, die ihm in den letzten Wochen sehr zugesetzt hatte. Vielleicht bekam er Gelegenheit, mit seiner Tochter darüber zu reden, doch im Moment zählte nur, dass sie da war.

Als sie in die Einfahrt ihres Elternhauses einbogen, konnte Ella es gar nicht erwarten, ihre Mutter in die Arme zu schließen. Der gepflasterter Weg, umsäumt von herrlich blühenden Rhododendren, ihre Lieblingsbank unter der alten Eiche, auf der sie als Kind stundenlang gesessen und Modezeitschriften angeschaut hatte, der kleine Brunnen, an dem sie oft gespielt hatte…alles war noch genau wie früher.

Ihr Vater umarmte sie noch einmal, als sie aus dem Wagen gestiegen waren.

„Schön, dich wieder hier zu haben, auch wenn die Umstände nicht so glücklich sind."

„Ich bin froh, zu Hause zu sein, Dad", Ella lächelte ihren Vater dankbar an. „Wo ist Mum?"

Richard wandte sich ab und machte sich daran, das Gepäck aus dem Wagen zu holen.

„Dad?"

Er drehte sich zu ihr um.

„Sie kommt sicher gleich", entgegnete er.

Ella war sich nicht sicher, aber seine Reaktion kam ihr etwas seltsam vor. Sie hängte ihre Handtasche um und ging zur Haustür. Ein anderer Wagen fuhr in die Einfahrt. Erwarteten ihre Eltern etwa Besuch?

Als der Wagen hielt, erkannte sie ihre Mutter.

Sofort lief sie auf sie zu, um sie zu begrüßen.

„Du hast ein schickes neues Auto, Mum! Ich hätte nicht gedacht, dass du auf Sportwagen stehst", zwinkerte Ella ihrer Mutter zu.

Grace hob die Hände. „Ich auch nicht, Schatz."

Richard war inzwischen ins Haus gegangen und die Frauen folgten ihm.

„Du bist dünn geworden, ich werde dir erst einmal etwas Vernünftiges kochen", sagte Grace, als sie in der Küche angekommen waren. Ihr entging der wissende Blickkontakt ihres Mannes und ihrer Tochter nicht.

„Und anschließend sollten wir vielleicht über Millies Beerdigung reden", fuhr Grace fort und ließ damit das Grinsen der beiden sofort wieder verschwinden.

Nachdem Ella ihre Sachen in ihr altes Zimmer gebracht hatte, half sie ihrer Mutter beim Kochen.

Grace hatte für ihre Tochter extra ihre Lieblingspasta zubereitet, Cannelloni, gefüllt mit Kräuterfrischkäse und Tomaten. Als Ella ihren Vater zum Essen rufen wollte, konnte sie ihn zunächst nicht finden. Sie ging um das Haus herum und fand ihn mit einem Glas Wein unweit der Terrasse am Teich sitzen.

Es schien ihn etwas zu bedrücken, aber Ella wollte ihm nicht zu nahe treten. Sie setzte sich einfach neben ihn und sah wie er auf das schimmernde Wasser, auf dem sich zwei Libellen tummelten.

„Tante Millies Tod nimmt dich sehr mit, oder?"

Richard nickte. Und nicht nur der, dachte er, aber es war nicht der richtige Zeitpunkt, darüber zu reden.

Ella legte den Kopf auf seine Schulter. Es war schön, einfach nur hier mit ihm zu sitzen und sich gegenseitig zu trösten.

Grace rief von der Terrasse zum Essen.

Es kam Ella seltsam vor, wie wenig sich ihre Eltern unterhielten. Um die gedrückte Stimmung etwas aufzulockern, erzählte sie noch einmal ausführlich von der Modemesse in Mailand und ihrem großen Erfolg. Vor allem ihr Vater hörte ihr aufmerksam zu. Mit ihrer Mutter hatte sie darüber bereits geredet.

„Das heißt, du musst nach der Beerdigung gleich wieder zurück nach New York?", meinte Richard traurig. Ella seufzte.

„Ja, eigentlich schon, aber nicht sofort. Ich habe Mike gebeten, sich während meiner Abwesenheit um das Geschäft zu kümmern und ich weiß, dass ich mich auf ihn verlassen kann. Auch wenn er dazu neigt, alles etwas zu dramatisieren. Ich habe euch ja erzählt, wie emotional er manchmal auf Stress reagiert." Ella verdrehte lachend die Augen. „Aber wenn ich ehrlich bin, habe ich mir in den letzten Wochen schon Gedanken darüber gemacht, ihm eine Teilhaberschaft anzubieten. Ich habe das Gefühl, mich ein wenig zurückziehen zu müssen."

So direkt hatte sie es noch nie ausgesprochen und ihre Eltern sahen sie erstaunt an.

„Schatz, bist du sicher? Dein eigenes Label war doch immer dein Traum und du bist so erfolgreich?" Grace sah Ella fragend an.

Diese lehnte sich zurück und ließ ihren Blick durch den Garten schweifen.

„Ja", sagte sie nach einer Weile, „das stimmt und auch wenn ich hart dafür gearbeitet habe, bin ich mir nicht mehr sicher, ob ich diesen Traum in dieser Form so weiterleben möchte."

Grace nahm die Hand ihrer Tochter.

„Nimm dir die Zeit, die du brauchst, um darüber nachzudenken. Hier zu Hause fällt dir das bestimmt nicht schwer. Ich weiß, du wirst das Richtige tun."

Damit war das Thema vorerst beendet. Richard sah seine Tochter liebevoll an. Ihn würde es sehr freuen, wenn sie wieder etwas mehr Zeit mit ihm verbringen und vielleicht auch langsam darüber nachdenken würde, eine Familie zu gründen.

Nachdem die Familie die Einzelheiten von Millies Beerdigung besprochen und Ella sich bereit erklärt hatte, am Abend in der Stadt die Blumen abzuholen, die Grace bestellt hatte, zog sie sich auf ihr Zimmer zurück.

Sie lag auf ihrem alten Bett und spürte, wie sie langsam zur Ruhe kam. Es hatte sich nicht viel verändert, noch immer waren ihre alten Spielsachen in Regalen verstaut, die ihr Vater für sie angefertigt hatte, in ihrem Schrank hingen noch einige Kleider, die sie in ihrer Jugend getragen und später nicht mit nach New York genommen hatte. Aus ihrem Fenster hatte sie einen herrlichen Blick auf den Park vor dem Haus…

Gerade als Ella die Augen schloss, wurde sie von einem ungewöhnlichen Geräusch gestört. Sie versuchte sich zu konzentrieren, woher es kam. War das ihre Mutter? Es klang nach ihrer Mutter, aber warum war sie so laut und aufgebracht? Ella konnte sich nicht erinnern, ihre Mutter jemals so gehört zu haben.

Sie setzte sich auf in der Hoffnung, etwas mitzubekommen. Ab und an kam eine eintönige Antwort ihres Vaters, die sie nicht verstand, dann wieder die laute Stimme ihrer Mutter. Stritten die beiden etwa? Es dauerte nur wenige Minuten, die Haustür fiel laut knallend ins Schloss und der Sportwagen ihrer Mutter verließ mit durchdrehenden Reifen das Grundstück. Ella kam es so vor, als würde sie träumen. Sie legte sich zurück, übermannt von Müdigkeit, mit den besten Vorsätzen hinunterzugehen und nachzusehen, was gerade vorgefallen war…aber da war sie schon eingeschlafen.

3

Es wurde schon dunkel, als Ella aufwachte. Zuerst wusste sie nicht, wo sie war. Sie konnte sich nicht erinnern, wann sie das letzte Mal so entspannt einfach am Nachmittag geschlafen hatte. Schnell fiel ihr wieder ein, dass sie eigentlich nach ihren Eltern sehen wollte, und ging hinunter. Es war niemand da. Nicht im Haus, nicht im Garten. Sie versuchte ihre Mutter auf dem Handy zu erreichen, aber es meldete sich nur die Mailbox. Ella beschloss, den Wagen ihres Vaters zu nehmen und in die Stadt zu fahren. Sie hoffte, dass es noch nicht zu spät war, die Blumen für Tante Millie abzuholen. Als sie vor das Haus ging und auf das Auto zulief, sah sie ihren Vater auf der alten Bank im Garten sitzen. Er hielt ein Glas Whiskey in der Hand und schien die sich darin spiegelnden letzten Sonnenstrahlen des Tages zu beobachten. Er bemerkte nicht, dass sich Ella zu ihm gesetzt hatte. Er war ganz in seinen Gedanken versunken.

Ella legte die Hand auf seinen Arm. Langsam wandte er sich ihr zu, ohne dabei den Blick von seinem Glas zu lassen.

„Dad, geht es dir gut?"

Er sagte nichts. Sah nach unten und wiegte den Kopf leicht hin und her.

„Es geht mir gut. Mach dir keine Sorgen. Ich habe mir vielleicht nur mein Leben im Ruhestand etwas anders vorgestellt.", antwortete er etwas gleichgültig.

„Hat es etwas mit dem Streit mit Mum heute Nachmittag zu tun?" Ella hatte nicht vorgehabt, gleich mit der Tür ins Haus zu fallen, aber nun war es heraus.

Richard sah sie verwundert an.

„Das hast du gehört? Es tut mir leid." Richard sah zu Boden.

„Was ist los, Dad? Ich habe euch nie streiten hören und es kommt mir so vor, als würdet ihr mir etwas verschweigen."

Soweit Ella zurückdenken konnte, hatten sich ihre Eltern noch nie gestritten. Bis auf das eine Mal. Schattenhaft kam ihr die damalige Situation in den Sinn. Sie musste ungefähr drei oder vier gewesen sein. Ihre Mutter hatte einen kleinen Jungen eingeladen. Sie sagte damals, es wäre der Sohn einer Freundin und er hatte den ganzen Tag bei ihnen verbracht. Ella fand ihn seltsam, er redete kaum und verhielt sich auch sonst nicht so wie normale Jungen in seinem Alter. Ihr Vater hatte versucht, im Garten mit ihm Baseball zu spielen, aber er konnte damit nicht viel anfangen. Als Ella ihn dann mit den neuen Kleidern ihrer Puppen beeindrucken wollte, hatte er sie ihr unter den Blicken ihrer Eltern aus der Hand gerissen, die Köpfe herausgedreht und war anschließend schreiend darauf herumgetreten. Ihr Vater hatte den Jungen damals am Arm genommen und weggebracht. Als er wiederkam, waren er und ihre Mutter in Streit geraten. Ella wurde auf ihre Zimmer geschickt. Ihr Vater hatte immer wieder das Wort NEIN geschrien, bis Grace nachgab. Es wurde nie wieder darüber geredet. Ella konnte sich nicht mehr an den Jungen erinnern, sie wusste nicht einmal mehr seinen Namen…

Richard nahm seine Tochter in den Arm. Er antwortete ihr nicht, hoffte aber, sie so ein wenig zu beruhigen. Nach einer Weile sah er sie an.

„Wenn du aus der Stadt zurück bist, reden wir, versprochen."

Damit war sie vorerst einverstanden und machte sich auf den Weg.

Sie konnte sich nicht so recht konzentrieren, die Worte ihres Vaters hatten sie verunsichert. Es schien Probleme zu geben, von denen sie nichts wusste, und langsam beschlich sie das Gefühl, dass ihre Mutter ihr bei den fast täglichen Telefonaten nicht alles erzählt hatte.

Als Ella in die Seitenstraße zu Rose´s Garden einbog, verflogen ihre negativen Gedanken sofort. Obwohl es schon fast dunkel war, erleuchtete die kleine Gärtnerei von Rose fast die gesamte Straße. Ella kannte sie noch aus Kindertagen. Sooft Millie auch bei ihnen zuhause gewesen war, es durfte kein Besuch bei ihrer Freundin Rose fehlen. Die beiden hatten sich bereits viele Jahre gekannt, bevor Rose die Gärtnerei eröffnete, und waren etwa im gleichen Alter. Es war jedes Mal ein freudiges Wiedersehen gewesen, wenn Ella und Millie Rose besuchten. Natürlich war das der Grund gewesen, warum ihre Mutter Millies Blumen für die Trauerfeier hier bestellt hatte.

Ella ging durch die weit geöffnete Tür und sah sich um. Es war niemand zu sehen. Ob Rose selbst um diese Zeit noch im Laden stand, wusste sie nicht.

Schon der Eingangsraum überwältigte sie mit seiner Blütenpracht und ließ den herannahenden Sommer erahnen. Ella lief durch die Gänge und wollte schon an die Kasse gehen, um zu klingeln, als sie hinter einem mannshohen Fliederbusch jemanden entdeckte.

Auf Knien rutschend und abgefallene Blätter auflesend, fand sie Rose...die kleine, entzückende Rose, deren Körpergröße der einer 12-Jährigen glich, die aber ein Herz von der Größe eines Elefanten besaß.

Die beiden Frauen sahen sich wortlos in die Augen und fielen sich in die Arme.

„Du weißt gar nicht wie schön es ist, dich zu sehen, Ella. Es ist so lange her, dass du mich besucht hast und noch länger, dass du mit unserer Millie hier warst. Ich kann nicht glauben, dass sie gegangen ist." Rose sackte schluchzend in Ellas Armen zusammen.

Auch die konnte sich nicht mehr zurückhalten. All die Erinnerungen an ihre Tante kamen in ihr hoch und sie machten ihr den schmerzlichen Verlust noch bewusster.

Es verging eine geraume Zeit, in der beide mit ihren eigenen Gefühlen beschäftigt waren, bis Rose sich aufraffte und Ella in einen Abstellraum führte. Sie betätigte den Lichtschalter und vor ihnen ergoss sich ein Meer aus Freesien und Rosen. Natürlich waren es die Lieblingsblumen der beiden alten Damen, eine Hommage an Millie und das Zeichen ihrer tiefen Freundschaft.

Nachdem sich die Frauen verabschiedet hatten, Ella den Familienkranz sorgfältig verpackt und Rose versichert hatte, dass der Großteil der Blumen rechtzeitig in die First Baptist Church in Bonneau geliefert würde, fuhr Ella Richtung Innenstadt. Mittlerweile war es nach 19:00 Uhr und sie hatte Hunger. Obwohl sie so schnell wie möglich wieder nach Hause wollte, um mit ihrem Vater zu reden, hielt sie noch kurz am Diner an. Sie war ewig nicht hier gewesen und auch hier hatte sich, zumindest rein äußerlich, nichts verändert.

Es war viel los, nahezu jeder Tisch war besetzt. Ella setzte sich auf einen freien Stuhl am Tresen und wurde von einem Mann begrüßt, der ihr im ersten Moment bekannt vorkam. Dean war sein Name, wie das Schild auf seinem Hemd verriet. Er wirkte mürrisch, etwas abweisend und wenig begeistert davon, noch mehr Gäste bedienen zu müssen.

Sie bestellte zunächst einen Kaffee und ließ sich die Karte geben. Vielleicht sollte sie ein paar Burger mit nach Hause nehmen, um sie später mit ihren Eltern zu essen. Sie sah schon das Gesicht ihrer Mutter vor sich…immer, wenn sie früher mit ihrem Vater Unmengen an Fast Food hinunterschlang, hatte Grace wie ein Rohrspatz geschimpft. Irgendwie schien Ella aber genau heute der richtige Tag dafür zu sein und die Burger in Jimmys Diner waren ja die besten von ganz South Carolina…zumindest hatte das der alte Jimmy früher immer behauptet.

„Ella?"

Vor ihr stand eine Frau ihres Alters mit einer Kanne Kaffee in der Hand und war im Begriff, ihr einzuschenken.

Ella musterte die Frau, bis es ihr wie Schuppen von den Augen fiel.

„Olivia! Was tust du denn hier? Mein Gott, wie lange ist es her, dass wir uns gesehen haben?"

Olivia senkte den Blick.

„Naja, ich arbeite hier, wenn ich nicht gerade im Krankenhaus Dienst habe. Meinem Mann Dean gehört das Diner."

Sie klang nicht gerade glücklich, eher gleichgültig. Und sie sah auch nicht so richtig gut aus. Hager, Augenringe, müde…deshalb verwunderte es Ella, dass sie sie um ein Treffen nach Millies Beerdigung bat.

„Natürlich gerne. Ich weiß noch nicht, wie lange ich bleiben kann, aber ich würde mich freuen. Vielleicht könnten wir auch July fragen, wäre das nicht nett? So wie früher?" Olivia lächelte und antwortete knapp: „Ich werde sie fragen."

Nachdem Ella ein paar Burger ins Auto geladen hatte und sie auf dem Weg nach Hause war, dachte sie noch einmal über das Treffen nach. Es war schön, Olivia wiedergesehen zu haben und auch auf July freute sie sich sehr. In ihrer Kindheit hatten sie oft zusammengesteckt, Pyjamapartys und Modenschauen veranstaltet, Schminkwettbewerbe gemacht und von ihrem zukünftigen Leben geträumt…

Im Haus war es ruhig. Ella rief nach ihren Eltern und fand ihren Vater in der Küche.

„Wo ist Mum?", fragte sie.

Richard sah sie an und sein trauriger Blick verhieß nichts Gutes.

„Deine Mutter wohnt nicht mehr hier. Schon eine ganze Weile." Resigniert hob er die Hände. Ella hatte vor Schreck die Tüte mit den Burgern fallen lassen.

Richard hob sie auf und spähte hinein.

„Bleibt mehr für uns", zwinkerte er, „sie hätte uns sowieso nicht erlaubt, so ungesund zu essen."

Ella musste lachen, obwohl ihr überhaupt nicht zum Lachen zumute war. Es war also nicht nur ein Streit gewesen, den sie am Nachmittag mit angehört hatte.

Die beiden setzten sich auf die Couch und aßen still vor sich hin. Irgendwann schaffte es ihr Vater zu reden. Bei einem weiteren Glas Whiskey erzählte er ihr, was in den letzten Monaten vorgefallen war und was sie nicht im Traum erahnt hatte.

Vor nicht ganz einem Jahr hatte Richard seine Schreinerei an seinen Geschäftspartner verkauft. Die Firma war bis dahin sehr gut gelaufen, seine über einhundert Mitarbeiter behielten ihren Arbeitsplatz und später wurden sogar noch weitere Arbeiter eingestellt. Es war ein sehr guter Zeitpunkt gewesen, mit 60 in den Ruhestand zu gehen, und der Verkauf hatte sich wirklich gelohnt. Um Geld hatte sich die Familie noch nie sorgen müssen. Leider hatte Richard mit der neu gewonnenen Freizeit auch mehr und mehr den Drang verspürt, noch andere Dinge auszuprobieren. Er lernte Golfspielen, traf sich mit Freunden zum Segeln und plante mit Grace eine Weltreise. Doch in diesem Fall war es bei der Planung geblieben. Grace, die sich als Hausfrau darüber gefreut hatte, endlich mehr Zeit mit ihrem Mann zu verbringen, fühlte sich vernachlässigt. Es gab öfter Streitigkeiten, die meist wieder geschlichtet wurden, doch irgendwann begann auch Grace, ihr Leben neu zu ordnen. Sie traf nicht nur Freundinnen zum Yoga oder trat einem Buchclub bei, sie begann auch ins Fitnessstudio zu gehen. Grace war mit Mitte 50 eine sehr attraktive Frau und das entging natürlich auch anderen Männern nicht. Sie hatte sich von ihrem eigenen Mann nicht mehr beachtet gefühlt und so kam es, dass sie einen anderen Mann kennenlernte. Richard wusste lange Zeit nichts davon, doch er bemerkte, wie sie sich veränderte. Ihr Selbstbewusstsein wuchs, sie ging oft aus und übernachtete auch ab und an außer Haus.

„Eines Tages, ich kam gerade vom Golf zurück, saß deine Mutter in der Küche und starrte aus dem Fenster. Ich sprach sie an und bemerkte erst dann, dass neben ihr mehrere Koffer standen. Sie hat mir einfach gesagt, dass sie gehen würde. Ohne eine Antwort abzuwarten oder mit mir zu reden, verließ sie mich."

Richard wandte sich ab und versuchte, seine Tränen zu unterdrücken.

„Ich habe mich nicht genug um sie gekümmert, bin immer davon ausgegangen, dass sie da ist, sie für selbstverständlich angesehen. Als ich die Firma aufgebaut habe, viel arbeiten musste…wenn ich nach einem langen Tag nach Hause kam, hat sie sich um mich gekümmert und was habe ich getan? Nichts. Im Gegenteil, ich war egoistisch und habe nur an mich gedacht. Deine Mutter hat mir immer den Rücken frei gehalten und so habe ich es ihr gedankt!" Richard war aufgebracht. Ella spürte seine Wut auf sich selbst und sie verstand ihn. Und sie verstand auch ihre Mutter.

„Dass Mum heute hier gewesen war, war das also nur meinetwegen?", fragte sie nach.

„Ja", antwortete ihr Vater. Als Tante Millie gestorben war, haben wir uns das erste Mal wieder zusammengesetzt und geredet. Auch darüber, ob wir dir erzählen sollen, dass wir vorerst getrennte Wege gehen. Wir haben uns geeinigt, dass es besser wäre, so zu tun, als wäre alles gut. Zumindest für ein paar Tage. Es war nicht geplant, dass deine Mutter wieder fährt, sie wollte bleiben, um dich nicht zu beunruhigen. Aber nach dem gemeinsamen Essen heute war ich etwas zu forsch, habe sie gebeten, zu mir zurückzukommen, von ihr verlangt, mir zu verzeihen…es war noch zu früh…"

Ella wusste nicht, was sie sagen sollte. Sie musste verarbeiten, was sie gerade gehört hatte und sie hatte das Bedürfnis, mit ihrer Mutter zu reden.

Doch vorerst stand Tante Millie an erster Stelle. Der Abschied von ihr am morgigen Tag würde schwer genug werden und keinen Raum für andere Gespräche lassen.

Ella wusste, dass sie der Besuch bei ihrer Familie viel mehr Kraft kosten würde als erwartet, sie nicht zur Ruhe kommen lassen würde wie erhofft…doch zu diesem Zeitpunkt konnte sie nicht erahnen, was tatsächlich noch auf sie zukommen sollte…

4

Die Situation kam Ella surreal vor, als sie am Morgen mit ihrem Vater vor die Tür trat. Entfernte Verwandte und Bekannte hatten sich vor dem Haus eingefunden, mit Trauerflor geschmückte Autos, der dunkle Van ihres Vaters, an dessen Steuer sein ehemaliger Geschäftspartner saß und der Sportwagen ihrer Mutter, der gerade in die Einfahrt einbog. Nicht nur, dass Ella nicht mit ihren Eltern gemeinsam die Trauergemeinde begrüßte, machte ihr Angst, sondern auch die Tatsache, ein geliebtes Familienmitglied für immer verabschieden zu müssen.

Grace saß mit ihrer Tochter hinten im Van, ihr Vater vorne und sie bildeten das erste Fahrzeug in einem Konvoi Richtung Bonneau, der Heimatstadt ihrer Tante Millie. Während der fast einstündigen Fahrt redete niemand im Wagen. Das betretene Schweigen hinterließ bei Ella ein seltsames Gefühl. Als sie nach Hause gekommen war, hatte sie geglaubt, dass sich nichts verändert hatte, alles beim Alten geblieben war, doch sie hatte sich geirrt…

Die First Baptist Church war herrlich geschmückt. Rose hatte sich mit ihrem Arrangement selbst übertroffen. Der Anblick der Blumengebinde war überwältigend. Als Ella einen Teil davon am Abend zuvor in Roses Gärtnerei gesehen hatte, hätte sie nicht erahnen können, wie sie hier in der Kirche wirken würden.

Als Rose die Familie den Gang entlanglaufen sah, stand sie auf, lief ihnen ein Stück entgegen und nahm zuerst Richard und dann die Frauen schluchzend in den Arm. Anschließend führte sie sie langsam zu Millies aufgebahrtem Sarg.

Ihr friedlicher Gesichtsausdruck verriet noch immer ihr spitzbübisches Lächeln, doch ihr ausgemergelter Körper war auch ein Zeichen dafür, wie lange sie gegen die schwere Krankheit gekämpft hatte. Sie war eine so starke Frau gewesen, hatte viele Dinge in ihrem Leben bewältigen müssen…doch jetzt war sie erlöst worden. Millie konnte ihren Frieden finden und das tröstete Ella ein wenig über den Verlust hinweg.

Sie strich ihrer Tante ein letztes Mal über die Hand und betete für sie.

Der Gottesdienst war äußerst ergreifend. Die First Baptist Church war Tante Millies Lieblingskirche gewesen und Ella hatte schon damals als Kind gewusst, warum. Immer, wenn sie mit ihrer Tante hier gewesen war, hatte sie sich wohl und behütet gefühlt, konnte alle

Sorgen für einen Moment vergessen und einfach loslassen. Und so war es auch heute…

Etwas abseits der Trauergemeinde hatte sich ein junger Mann in die letzte Bankreihe gesetzt. Er schien nicht gesehen werden zu wollen, trug, eine Sonnenbrille, ein Basecap tief ins Gesicht gezogen, den Kragen seiner Jacke bis obenhin geschlossen. Doch als Ella nach dem Gottesdienst an ihm vorbeilief, sah er auf.

Ihre Blicke trafen sich für einen kurzen Moment, bis er sich abwandte.

Wer war dieser Mann? Ella stand mit ihrer Familie vor der Kirche und nahm die Beileidsbekundungen entgegen. Als draußen alle versammelt waren, sah sie noch einmal in die Kirche. Es war niemand mehr da, außer diesem jungen Mann. Er war an Millies Sarg getreten, hatte Brille und Basecap abgenommen und schien zu beten. Er stand lange bei ihr, so lange, bis er gebeten wurde zu gehen, da der Sarg für die Beisetzung hinausgetragen werden sollte. Der Mann wischte sich über das Gesicht, zog die Jacke wieder zu und setzte auch seine Kopfbedeckung wieder auf. Anschließend verließ er die Kirche durch einen Nebeneingang.

Ella erschrak, als sie von Rose angesprochen wurde.

„Komm, mein Schatz, gehen wir mit unserer Millie den letzten Weg gemeinsam."

Sie nickte. Rose hakte sich bei ihr unter.

„Und den jungen Mann vergisst du bitte ganz schnell wieder…!", flüsterte Rose mahnend.

Irritiert schaute sie die kleine Frau an, doch die hatte ihr offensichtlich nichts mehr zu sagen.

Im Haus ihrer Eltern fand am Nachmittag noch eine kleine Feier zu Millies Ehren statt. Ella hätte sich am liebsten auf ihr Zimmer zurückgezogen, so wie früher, wenn sie traurig war. Doch das ging natürlich nicht. Die meisten Leute, die gekommen waren, kannte sie noch. Nach einigen Gesprächen ging sie in den Garten, um ein paar Minuten allein zu sein. Wie ihr Vater am Tag zuvor setzte sie sich an den Teich und ließ ihre Gedanken in sich einströmen. Sie dachte an Millie, ihre Eltern, an New York und ihre Firma, an Mike, der sicher schon völlig hektisch war, und an diesen Mann in der Kirche…

Wie aufs Stichwort klingelte ihr Handy in der Tasche. Natürlich war es Mike und Ella war ausgesprochen froh darüber. Etwas Ablenkung tat ihr gut.

„Du weißt überhaupt nicht, was ich hier durchmache, Süße, alles überschlägt sich, ich bin reif für eine Massage oder einen Wellnessurlaub oder ein Date, oder…", Mike überfiel sie sofort mit seiner gewohnt theatralischen Art und sie musste lächeln.

„Aber bitte entschuldige…wie geht es dir, mein Engel?", fuhr er fort und ließ so auch Ella zu Wort kommen.

„Es geht mir einigermaßen gut. Ich bin kaum zwei Tage hier und habe schon einiges zu verkraften", antwortete sie.

„Die Beerdigung deiner Tante? Ich kann mir vorstellen, dass es schwer für dich sein muss", sagte er mitfühlend.

Ella atmete tief ein.

„Ja und auch sonst gibt es ein paar Dinge, die ich noch klären muss. Aber ich hoffe trotzdem, nächste Woche wieder bei euch zu sein. Wie ist die Auftragslage?"

„Sehr gut, meine Liebe, sehr gut. Wir werden in den nächsten Monaten viel Geld verdienen und ich bin mir sicher, die nächste Fashion Week in New York ist unser ganz großer Durchbruch an die Spitze der Modewelt! Wir werden uns einreihen in die Riege der Großen, Versace, Dior…"

Ella lachte schallend auf.

„Jetzt übertreibst du doch schon wieder maßlos, aber das liebe ich ja so an dir. Es ist schön, dass du mein Partner bist und größer denkst, als ich es je könnte…"

Plötzlich hielt sie inne. Sie war ein paar Schritte gegangen und als sie sich umdrehte, konnte sie nicht fassen, wen sie sah.

„Mike, mein Lieber, lass uns morgen wieder telefonieren und dann erzählst du mir alles ganz genau, ja?" Und ohne eine Antwort abzuwarten, legte sie auf.

„Olivia? July?"

Die beiden Frauen zuckten zustimmend mit den Schultern und liefen Ella entgegen. Mit Tränen der Wiedersehensfreude in den Augen umarmten sich die Freundinnen, die sich seit so vielen Jahren nicht gesehen hatten.

„Ich kann euch gar nicht sagen, wie schön es ist, euch zu sehen!" Ella war noch immer vollkommen überwältigt. Ihre beiden besten Freundinnen aus Kindertagen gerade heute hier bei sich zu haben, war einfach unfassbar schön für sie.

Sie gingen gemeinsam vor das Haus, setzten sich wie früher zusammen auf die alte Bank und begannen, jede mit einem Glas Wein bewaffnet, in der Vergangenheit zu schwelgen…

Auf dem Flowertown Festival in Summerville vor etwas mehr als 25 Jahren hatten sich die Mädchen das erste Mal gesehen. Es war genau in diesem Jahr gewesen, als Ella stolz ihr selbstgenähtes Kleid präsentiert hatte und damit allen anderen Ausstellern die Show gestohlen hatte. Sie hatte nicht nur ihr Kleid getragen und allen, die es hören wollten, erklärt, warum es genau so ganz toll aussah, sondern sie führte auch all ihre Plüschtiere und Puppen in selbst gemachten Outfits vor. Das hatte natürlich auch all die Mädchen an ihren eigenen kleinen Stand gezogen und so hatte sie July und Olivia kennengelernt. Etwa ein Jahr später besuchten die drei gemeinsam die Summerville Middle School und waren ab diesem Zeitpunkt ein Dreigestirn, dem niemand etwas anhaben konnte. Sie hielten zusammen, waren füreinander da, weinten, lachten und träumten miteinander und es gab nichts, wirklich nichts, was sie nicht gemeinsam taten. Wie etwa, als Olivia unbedingt einen Tanzkurs belegen wollte und die beiden anderen einfach mitgemacht hatten. July war ganz gut darin gewesen, Olivia und Ella dagegen nicht und nach ein paar Wochen waren sich die Kinder einig, dass diese Beschäftigung nicht für alle bestimmt war und sie gaben den Tanzkurs wieder auf. So ging es auch mit einigen Dingen, die nicht allen dreien gleichermaßen gelangen. Aber in den meisten und wichtigsten Dingen waren sie sich immer einig und vor allem darin, Freundinnen fürs Leben zu bleiben.

Als später die ersten Freunde in ihr Leben traten, veränderte sich die Freundschaft ein wenig. Nicht, dass sie nicht mehr füreinander da gewesen wären, es war nur so, dass zumindest July und Olivia mehr Zeit mit den Jungs verbrachten. Ella interessierte sich weniger für das männliche Geschlecht und beschäftigte sich deshalb umso mehr mit ihren Stoffen, die sie sich von ihrem Taschengeld kaufte. Sie nähte und entwarf immer neue Kleidungsstücke. Natürlich hatte auch sie Verehrer und es gab auch einige, mit denen sie sich hätte vorstellen können, das ganze Leben zu verbringen, doch irgendwie kam dann doch immer etwas dazwischen. Da war zum Beispiel Luke, ein Junge aus ihrem Chemiekurs. Ella verstand sich so gut mit ihm, dass sie sich auf ein Date mit ihm einließ. Allerdings ging das vollkommen daneben. Luke hatte sie zu einem Abendessen eingeladen und es stellte sich heraus, dass er nicht nur auf Nüsse, Orangen, Milch und Koffein allergisch reagierte, sondern auch auf Knoblauch. Und hätte er nach dem Genuss eines Rindersteaks mit Knoblauchsoße und eines Eisbechers, in dem mit Sicherheit auch Nüsse und Milch gewesen waren nicht versucht, sie zu küssen, hätte er es wohl nie herausgefunden. Zu Ellas Pech bekam Luke genau in diesem Moment einen knallroten Kopf, seine Kehle schnürte sich zu, und er schnappte nach Luft und am Ende ergoss sich Lukes gesamtes Abendessen über sie.

Es war widerlich gewesen und trotzdem verabredeten sich die beiden später im Krankenhaus für ein Treffen bei Luke zu Hause, weil er ihr unbedingt zeigen wollte, wie man natürliche Farben herstellen konnte, mit denen Ella ihre Kleiderstoffe einfärben konnte.

Nun ja, es war eine nützliche Erfahrung gewesen, die gemacht werden musste und Ella musste noch heute zugeben, dass Luke ihr mit den Farbtipps wirklich sehr geholfen hatte.

Dann war da noch AJ. Also eigentlich Andrew Johnson. Er war der absolute Schwarm aller Mädchen gewesen. Ella war verliebt bis über beide Ohren. Schon bei der ersten Verabredung hatte er sie mit auf den Rummel genommen, war mit ihr Karussell gefahren und hatte ihr auf dem Riesenrad die Welt von ganz oben gezeigt. Obwohl sie erst 15 oder 16 Jahre alt waren, hatte auch er Träume, die weiter reichten, als man es sich vorstellen konnte. So ging es damals auch Ella. Die beiden waren einige Monate zusammen, AJ war ihr erster Freund, dem sie sich hingab und auch derjenige, mit dem sie sich eine Zukunft vorstellen konnte. Er träumte vom Theater, von Musik, einer eigenen Band und einem Musical, das er irgendwann schreiben würde. Doch irgendwann kam Cathy. Sie entsprach wohl mehr seinen Erwartungen als zukünftiger Star am Broadway. Sie war wunderschön, hatte eine magische Anziehungskraft und eine unglaubliche Ausstrahlung...Ella konnte AJ sogar verstehen, nur nicht, dass er sich damals mit Cathy an ihrem Lieblingsplatz in der Umkleidekabine der Turnhalle getroffen und ihr die Kleider vom Leib gerissen hatte...Dieses Bild hatte Ella lange Zeit vor Augen gehabt und das hatte sie in Bezug auf Männer sehr geprägt.

Die schönsten gemeinsamen Erlebnisse hatten die drei Mädchen allerdings abseits vom Alltag in der Schule oder den Problemen mit dem anderen Geschlecht. Es war die Zeit der großen Ferien im Frühjahr, wenn sie gemeinsam zu Tante Millie in den Francis Marion National Forrest fuhren und die Tage bei ihr im Landhaus am Lake Moultrie verbrachten...

Schon das erste Mal bei Tante Millie war für alle unvergesslich gewesen. Die Mädchen waren gerade mal 10 oder 11 Jahre. Richard hatte sie am späten Nachmittag zu ihr an den See gebracht und die hatte sie mit einem Lagerfeuer überrascht. Es gab Würste im Brotteig, selbstgemachte Limonade und S´mores. Das war ein absolutes Highlight für die Kinder, aber auch für Millie. Sie lebte allein in dem Landhaus, welches sie mit ihrem Mann Greg vor vielen Jahren gebaut hatte. Sie hatten nie das Glück gehabt, selbst Kinder zu bekommen und so war es gerade nach Gregs frühem Tod für Millie immer wieder eine Freude, Gesellschaft zu haben. Rose kam oft mit ihrer Familie vorbei, Richard, Grace und Ella und natürlich auch ihre jüngere Schwester Maggi, Richards Mutter. Doch mit den Mädchen war es ihr stets eine besondere Freude.

Nach ihrem ersten gemeinsamen Abend kuschelten sich Judy, Olivia und Ella zusammen in das große Bett in

50

dem Zimmer unter dem Dach. Millie kam mit Kräutertee und einem dicken alten Buch. Sie zündete eine Kerze an und setzte sich auf einen urigen Sessel. Der Mond schien durch das Fenster und tauchte den ganzen Raum in ein mystisches Licht. Dann begann sie zu lesen. Ihre Stimme klang so beruhigend und herrlich warm, als sie über einen Jungen zu lesen begann, der seine Träume verloren hatte und eines Nachts loszog, um sie wiederzufinden. Gerade, als sich der Junge in der Geschichte in einem Waldstück auf dem bemoosten Boden ausruhen wollte, gab es in der unteren Etage einen lauten Knall! Die Kinder erschraken, Millie schaute entsetzt und legte das Buch beiseite. Sie legte ihren Finger auf den Mund und bat die Mädchen, ganz still zu sein. Vorsichtig ging sie die Stufen hinunter, als sie erneut ein lautes Geräusch innehalten ließ. Es hörte sich an, als wäre eine Schüssel in der Küche auf den Boden gefallen. Schnell rannte Millie jetzt hinunter in den Flur, öffnete den Wandschrank und holte eine Langwaffe heraus. Die Kinder standen am Treppenabsatz und trauten ihren Augen nicht. War da etwa ein Einbrecher? Wollte Ellas Tante ihn einfach erschießen? Wie in Trance folgten sie der Frau leise. Die legte das Gewehr an und schrie aus Leibeskräften: „Verschwinde! Oder ich muss auf dich schießen!"

Ein seltsames Piepsen war zu hören und als Ella um die Ecke in die Küche lugte, dicht gefolgt von den beiden anderen, sah sie gerade noch den Schwanz eines Waschbären durch das Küchenfenster verschwinden.

Millie schloss schnell das Fenster, sah sich das Chaos an, was der kleine Kerl angerichtet hatte, und musste auf einmal herzhaft lachen.

Die Mädchen standen mit offenen Mündern da, fielen aber ganz schnell in ihr Lachen ein. Den restlichen Abend verbrachten sie alle damit, aufzuräumen. Der Waschbär hatte sich über die restlichen Würstchen hergemacht und dabei das Geschirr nicht gerade sanft behandelt.

„Tja", sagte Millie damals, „hier draußen muss man sich vor gefräßigen Tieren in Acht nehmen oder man schließt zumindest das Küchenfenster, um sie nicht anzulocken", und zuckte mit den Schultern.

Dieses Ereignis hatten die Mädchen natürlich nie vergessen und auch all die anderen schönen Dinge nicht, die sie in den Ferien dort erleben durften. Die Sonnenaufgänge am See, das Kochen und Backen, das Anbauen von Gemüse im Garten und die unzähligen Geschichten, die Millie ihnen immer erzählte. Noch heute war sich Ella nicht sicher, ob ihre Tante sie sich nicht sogar alle selbst ausgedacht und aufgeschrieben hatte ...

5

Es war schon fast dunkel und die Freundinnen saßen noch immer auf der Bank.

Die gemeinsamen Erinnerungen an Millie hatte den traurigen Tag zu etwas Besonderem gemacht. Millie hatte zwar gehen müssen, doch in wunderbaren Gedanken würde sie immer bei denen bleiben, die sie gekannt und geliebt hatte.

„Wir hatten wirklich eine tolle Zeit als Kinder, stimmt´s?", fragte July in die Stille hinein. Ella und Olivia nickten.

„Wisst ihr eigentlich noch von dieser merkwürdigen Begegnung in dem einen Jahr am See?", fragte July weiter. Die Frauen schauten sich fragend an.

„Es war an dem Tag, als wir von Millie die Erlaubnis bekamen, das erste Mal allein mit dem Boot hinauszufahren", sagte July und langsam fiel Ella ein, was sie meinen könnte.

„War das nicht an dem Nachmittag, an dem wir den tollen Apfelkuchen gebacken hatten und Millie meinte, dass wir, solange der Kuchen im Ofen ist, eine kleine Runde mit dem Boot drehen dürfen? Und das Boot war zur Seite gekippt? Wir haben es erst umdrehen müssen…"

„Genau", fiel July Ella ins Wort, „und darunter war dieser verstörte und komische Junge!"

„Du hast recht!", stimmte Ella zu. „Er war sicher ein zwei Jahre älter als wir, sah ziemlich heruntergekommen und mager aus und wir fragten ihn, wie er heißen und wo er wohnen würde", fügte sie hinzu.

July nickte wissend.

„Oliv, kannst du dich noch entsinnen, wie er hieß?", fragte July nach. Schon früher hatten sie Olivia mit diesem Spitznamen gerufen.

Die wandte sich jedoch ab.

„Nein. Aber es ist spät geworden. Ich muss zurück ins Diner. Dean wird nicht erfreut sein, wenn ich zu spät komme."

Olivia wirkte plötzlich verschlossen. Sie war aufgestanden und im Begriff zu gehen. Ella versuchte, sie zum Bleiben zu bewegen, doch sie ließ sich nicht überzeugen.

„Ich würde mich freuen, wenn ihr mich in den nächsten Tagen gemeinsam im Diner besucht. Gegen Abend bin ich immer da. Bitte bestelle deinen Eltern Grüße von mir."

Mit diesen Worten und einer kurzen Umarmung ging sie zu ihrem Wagen.

Verwundert sah Ella zu July.

„Ist alles in Ordnung mit ihr?", fragte Ella.

July zuckte mit den Schultern.

„Ich denke schon, sicher bin ich mir aber nicht. Sie arbeitet viel, weißt du. Im Krankenhaus und jeden Abend noch im Diner. Und Dean, naja, ich halte nichts von ihm. Du weißt doch, was für ein Angeber er damals schon in der Schule war. Ich denke, er setzt sie sehr unter Druck."

Ella schaute ungläubig.

„Ist er etwa Dean Charter, der Footballspieler, der immer für eine Schlägerei zu haben war?"

July nickte nur und seufzte.

Ella konnte es nicht glauben. Diesen Kerl hatte damals schon keiner gemocht. Aber warum gerade die schüchterne und zarte Olivia auf ihn reingefallen war, erschloss sich ihr nicht.

„Ich denke, wir sollten ihre Einladung annehmen und uns in den nächsten Tagen mal mit ihr im Diner treffen. Es wäre schön, über alte Zeiten zu plaudern. Das tut uns sicher allen gut", meinte Ella schließlich.

„Wenn ich noch einen zusätzlichen Abend von meinen Kindern frei bekomme und mein Mann auf sie aufpasst, sehr gerne", antwortete July.

Nach und nach waren alle Gäste gegangen. Ella und ihre Eltern blieben im Wohnzimmer zurück und ließen jeder für sich den Tag Revue passieren.

Schließlich stand Grace auf.

„Lasst uns noch zusammen aufräumen, dann sollte ich gehen."

Ella sah sie an, als erwartete sie auch von ihr eine Erklärung. Bisher hatte ihre Mutter ihr gegenüber nicht mit einer Silbe erwähnt, dass sie von Richard getrennt war, wo sie jetzt lebte, mit wem oder allein…und nach der gestrigen Situation und Grace´ Abwesenheit sollte sie wissen, dass Ella zumindest nachgefragt hatte.

Grace bemerkte den Blick ihrer Tochter und ging auf sie zu.

„Schatz, ich weiß, wir müssen reden und ich weiß auch, dass du Antworten verdienst. Es tut mir sehr leid, dass ich oder wir es dir so lange verschwiegen haben. Aber bitte, nicht heute. Ich ruf dich morgen an und wir treffen uns irgendwo, ja?" Nach einem Seitenblick zu Richard, der nur auf den Boden starrte, fügte Grace hinzu: „Ich kann auch hierher kommen und wir reden zu dritt, wenn es deinem Vater recht ist."

Richard sah auf, aber seinem Blick war nichts zu entnehmen.

Grace nahm ihre Tochter in den Arm und flüsterte ihr ins Ohr: „Tut mir leid!"

Anschließen nahm sie Ella an die Hand und wies sie mit gespieltem Übereifer einer Mutter an, die Gläser wegzuräumen.

Nachdem alles erledigt war, verabschiedete sich Grace kurz und ging.

*

Am nächsten Morgen wachte Ella sehr spät auf. Sie hatte trotz der Aufregung der letzten Tage sehr gut geschlafen. Als sie in die Küche kam, duftete es herrlich nach frisch gebrühtem Kaffee. Ihr Vater saß mit der Zeitung in der Hand am Tresen. Er klappte sie kurz um, als er seine Tochter hörte.

„Wenn du noch länger geschlafen hättest, wäre ich verhungert!", zwinkerte er. „Guten Morgen, Elly-Maus!"

Jetzt ging Richard wieder hinter der Zeitung in Deckung, weil er genau wusste, wie seine Tochter es hasste, so von ihm genannt zu werden. Und sie warf ihm prompt einen Toast entgegen.

Es schien ihm ganz gut zu gehen. Beim Frühstück redeten sie über alle möglichen Dinge. Richard musste über einige wirklich lustige Anekdoten über Mike lachen und Ella wiederum über den neuen Freund ihres Vaters Gary und dessen Hund Sarah. Denn die Hundedame schaffte es offensichtlich, bei jedem Golfspiel die Aufmerksamkeit auf sich zu lenken und den Bällen hinterherzujagen.

Ein Anruf riss die beiden aus ihrem lustigen Geplauder.

Richard klang sachlich am Telefon, antwortete nur knapp und legte kurze Zeit später wieder auf.

„Das war Tante Millies Anwalt, wir drei und Rose müssen morgen Nachmittag in seine Kanzlei nach Bonneau zur Testamentseröffnung kommen."

„Oh", antwortete Ella, „in Ordnung. Da sollten wir Mum mal Bescheid geben. Sag mal, wusste Tante Millie von eurer Trennung? Ich habe das zwar selbst noch nicht ganz verstanden und werde das wahrscheinlich auch nicht so schnell, aber für sie wäre es doch ebenfalls keine gute Nachricht gewesen."

„Nein", sagte Richard schnell, „Millie wusste nichts davon. Sie lag in den letzten Wochen in Bonneau im Pflegeheim, wie du weißt. Deine Mutter und ich haben sie fast täglich zusammen besucht. Es hätte ihr in ihrem Zustand überhaupt nicht gut getan, ihr das zu erzählen. Es wäre auch für sie eine Welt zusammengebrochen." Da dieses Thema wieder auf den Tisch gekommen war, war Richards vormals gute Laune augenblicklich dahin. Offenbar hatte er die Trennung von Grace in Ellas Gesellschaft für ein paar Minuten vergessen können. Sie wollte nicht schon wieder nachhaken. Es tat irgendwie allen nicht gut, sich damit zu beschäftigen und genau wie ihr Vater war es ihr lieber, unangenehme Dinge zu verdrängen, als sie zu nah an sich heranzulassen. Dennoch hoffte sie auf ein klärendes Gespräch mit ihrer Mutter. Doch sie würde sie nicht drängen. Ihre Eltern waren schließlich alt genug, wobei Ella noch immer nicht die Hoffnung aufgegeben hatte, dass es sich nur um eine vorübergehende Angelegenheit handelte oder ein großes Missverständnis.

Später am Tag nutzte Ella die Zeit, um sich mit Mike ausgiebig über das laufende Geschäft in der Firma zu kümmern. Via Face time hatten sie die Möglichkeit, alle Dinge genau zu erörtern und Ella musste zugeben, dass Mike wirklich gute Arbeit leistete. Er hatte mittlerweile drei Großkunden mit ihrer Zustimmung unter Vertrag genommen und war mit zwei Privatpersonen, die sich für ihre komplette Kollektion interessierten, in Verhandlungen getreten.

„Ich bin so stolz auf dich, Mike. Was würde ich nur ohne dich tun?", seufze Ella zufrieden.

„Du würdest Bankrott gehen!", sagte dieser trocken und Ella musste angesichts seiner Geste, sich bei diesem Satz die Fingernägel anzusehen, laut loslachen.

„Du bist unmöglich, aber du hast verdammt recht! Deshalb bist du ja auch mein Lieblingsgeschäftspartner", zwinkerte sie.

„Und dein einziger...", konterte Mike grinsend.

„So, ich habe noch zu tun, Lady Ella, denn ich muss Ihre Firma groß herausbringen. Hab dich lieb und bring mir nächste Woche einen netten jungen Mann mit nach New York, als kleines Dankeschön für meine wertvolle Arbeit." Mike schickte ihr noch eine Kusshand und legte auf.

Sie schüttelte nur den Kopf und lachte.

Ella musste zugeben, dass sie Mike schon jetzt wieder vermisste. Seine Art war einfach so herrlich erfrischend und er allein war es, der ihr immer, wenn sie am Rand der Verzweiflung stand, unterstützend unter die Arme griff und ihr das Gefühl gab, alles schaffen zu können.

Sie musste gerade daran denken, wie sie sich kennengelernt hatten. Es war der reinste Zufall gewesen und doch so bezeichnend für ihre jetzige Verbundenheit und ihr Vertrauen, dass es fast an Schicksal grenzte...

Ella hatte vor mehr als fünf Jahren Jason getroffen. Sie hatten sich auf einer Vernissage in Uptown kennengelernt. Er war einer der Aussteller, ein Künstler also, und es schien Liebe auf den ersten Blick zu sein. Später verabredeten sie sich in einem Cafe′. Es war der schönste Abend seit langem. Die beiden hatten die gleichen Interessen, Jason erzählte Ella von seinen Kunstwerken, Skulpturen und Bildern und sie war fasziniert. Sie, die gerade in der New Yorker Modebranche Fuß fasste, redete ungezwungen von ihren Ideen und Zukunftsvisionen und er hörte ihr aufmerksam und interessiert zu. Zuvor war ihr das bei noch keinem Mann so ergangen. Wenn überhaupt hatte Ella bis dato nur oberflächliche Beziehungen gehabt, bedingt durch ihr Business und den Umgang mit vielen Persönlichkeiten der High Society. Jason war anders. Wie sie selbst versuchte auch er seinen Traum als Künstler zu verwirklichen, arbeitete hart und war von seiner Persönlichkeit her ein in sich ruhender Mensch, was seine Fähigkeiten anbelangte, aber auch ein Mann, der keine Gelegenheit ausließ, sich selbst und die Welt neu zu entdecken.

Nach diesem ersten Abend landeten die beiden natürlich in Jasons Loft in der Upper Eastside. Es war herrlich. Im natürlichen Industrielook sporadisch eingerichtet, umrahmt von Kunstwerken aller Art und einer Aura, in die sich Ella sofort verliebte. Sie ließ sich davon vereinnahmen, ließ geschehen, was das Leben ihr anbot, und war für diese wunderbare Zeit glücklicher denn je.

Zu ihrem Jahrestag lud Ella Jason, der mittlerweile einen beachtlichen Bekanntheitsgrad erreicht hatte, in eben dieses Cafe` ihres ersten Dates ein.

Der Abend verlief genauso wundervoll wie das letzte Jahr mit ihm, bis… ja bis eine Frau schreiend das Cafe´ betrat. Sie war mit Sicherheit ein Model, dachte Ella damals, sie hätte sie ganz sicher für eine ihrer Modeschauen engagiert und die Bestimmtheit und Entschlossenheit in ihrem Gesicht ließen vermuten, dass jemand in diesem Cafe` großen Ärger bekommen würde. Ein Zeichen für absolutes Selbstbewusstsein. Ella belächelte die Situation ein wenig und sah Jason etwas entschuldigend an. Doch als sich ihre Blicke trafen, wusste sie im ersten Moment nicht, was sie denken sollte. Seine hellen Augen starrten sie an, blickten an ihr vorbei, durch sie hindurch…Ella konnte nicht deuten, was in ihm vorging. Sie bemerkte nicht, dass sich die Frau vor ihrem Tisch aufgebaut hatte. Sie war mindestens 180 cm groß, hatte strahlend blaue Augen, die vor Wut funkelten, und eine unnatürlich schöne blonde Mähne, die bis zu ihrer schlanken Hüfte reichte.

Jason blickte auf den Tisch herab und dann entschuldigend in die Augen dieser Frau.

Ellas Schockzustand war augenblicklich vorbei, als sich ihr hervorragender Weißwein über ihr neu entworfenes Kleid ergoss.

Der blonde Engel hatte kein weiteres Wort gesagt und war wutentbrannt davongerauscht.

Es konnte sich noch immer um eine Verwechslung handeln, um ein Missverständnis…aber das, was dann folgte, war Ella für immer in Erinnerung geblieben.

„Ich liebe diese Frau, es tut mir leid, Ella!"

Mit diesen Worten stand Jason auf und ging.

Ella war wie versteinert. Das letzte Jahr, in dem sie so zufrieden und glücklich gewesen war, hatte sich innerhalb weniger Sekunden als Lüge erwiesen.

Und an diesem bislang schlimmsten Tag ihres Lebens hatte sie Mike kennengelernt.

Als sie Minuten später realisiert hatte, was geschehen war, rief sie mutig und gefasst nach der Rechnung. Erst jetzt bemerkte sie, dass alle anderen Gäste sie anstarrten und mitleidig belächelten.

Kurz darauf war sie dabei, unter den Blicken der anderen das Lokal zu verlassen und wurde abrupt von einem Mann am Tresen zurückgehalten.

Es war Mike und er sah ihr tief in die Augen.

„Schätzchen, es ist Zeit, in eine Bar zu gehen und sich zu betrinken!"

Das war der Beginn ihrer unglaublichen Freundschaft gewesen.

6

Grace hatte mit Richard vereinbart, mit ihrer Tochter und Rose gemeinsam zur Testamentsvollstreckung zu fahren.

Als sie vor der Kanzlei anhielten, verließ gerade ein Mann das Gebäude. Ella sah ihn nur aus dem Augenwinkel, aber sie hätte schwören können, ihn schon einmal gesehen zu haben. Der Gang kam ihr bekannt vor, doch sie kam nicht dazu, weiter darüber nachzudenken, weil Rose in diesem Moment ihre Handtasche fallen ließ und diese direkt vor Ellas Füßen landete. Als sie Rose geholfen hatte und wieder aufsah, war der Mann verschwunden.

Ella verschwendete keinen weiteren Gedanken daran und ging mit den anderen hinein. In dem einfachen, aber sehr vornehm eingerichteten Büro erwartete sie Mr. Dunken, Tante Millies Anwalt. Er musste bereits an die 70 Jahre sein, aber er schien in seinem Wesen noch sehr jung und agil. Er begrüßte alle überaus freundlich und bat sie, Platz zu nehmen. Außer ihm war noch eine Sekretärin anwesend, die das Protokoll schrieb.

„Der Anlass, meine Lieben, ist ein sehr trauriger und ich möchte Ihnen zu Ihrem Verlust mein herzlichstes

Beileid aussprechen. Ich kannte, wie auch Sie, Millie über viele Jahre und ich habe sie sehr lieb gewonnen. Es ist mir eine Ehre und ein Bedürfnis, ihren letzten Willen zu verlesen und möchte Sie auf diesem Wege bitten, ihm auch Folge zu leisten. Sind Sie einverstanden?" Mr. Dunken schaute kurz in die Runde und nickte, nachdem ihm niemand widersprach.

„In dem offiziellen Testament von Mrs. Millie Sophia Huntington, geborene Baker, wird der Großteil ihres privaten Geldvermögens, die Höhe geht Ihnen jeweils schriftlich zu, an das Kranken-und Pflegeheim in Bonneau gehen, das weitere Geldvermögen wird zu gleichen Teilen an Mr. Richard Baker und dessen Frau Grace Baker, geb. Cooper, und an Rose Lane und ihre Gärtnerei vererbt. Die einzige Immobilie im Besitz der Verstorbenen, das Landhaus im Francis Marion National Forest am Lake Moultrie und die dazugehörigen Grundstücke, gehen an Miss…", Mr. Dunken räusperte sich kurz und warf einen Blick zu seiner Sekretärin, die wissend nickte. Damit sorgte er bei den drei Bakers kurz für Verwirrung und sie sahen sich verwundert an. Dann fuhr er allerdings fort: „an Miss Ella Baker. Damit ist der offizielle Teil der Testamentsverkündung abgeschlossen. Allerdings kennen Sie Mrs. Huntington genau so gut wie ich und wissen, dass es ebenso einen inoffiziellen Teil geben muss."

Richard musste schmunzeln und auch Grace, Rose und Ella lächelten. Das war ihre Milli, doch Ella hatte große Mühe, das gerade Gehörte erst einmal zu verarbeiten.

Mr. Dunken jedoch ließ ihr keine Zeit zum Nachdenken.

„Ich beginne nun", fuhr Mr. Dunken fort, „und ich betone, es sind Mrs. Huntingtons Worte…

„Richard und Grace, ich weiß, dass ihr beide nicht unbedingt auf mein Geld angewiesen seid. Aber ihr gehört nun einmal zu meinen nächsten Verwandten, da sich alle anderen aus meiner Familie schon vor mir verabschieden mussten. Ich weiß, dass ihr beide miteinander glücklich seid und hoffe, das hat sich auch nicht geändert. Es sei denn, ihr habt mir etwas verschwiegen. Und auch wenn wir oft nicht einer Meinung waren, ich liebe euch von Herzen für alles, was ihr für mich getan habt, euer Verständnis und eure Zweifel und einfach für euch selbst. Haltet euer Glück fest, wie ich es leider viel zu kurz mit meinem geliebten Mann erleben durfte. Bitte vergeudet es nicht!

Dir, meine liebe Rose, die beste Freundin und Vertraute, die man sich wünschen kann, hoffe ich, einen wunderbaren Lebensabend zu ermöglichen. Ich bin mir sicher, dass du meine Trauerfeier mit deinen herrlichen Blumen zu etwas ganz Besonderem gemacht hast und ich danke dir von Herzen dafür.

Und nun zu dir, meine liebe Ella. Du bist das Schmuckstück unserer kleinen Familie, unser Engel und ich kann dir nicht sagen, wie stolz ich darauf bin, dass du deinen sehnlichsten Traum verwirklichen konntest. Ich möchte, dass du, wenn es deine Zeit erlaubt, an das Haus am See zurückkehrst, in dem du so viel unbeschwerte Zeit verbracht hast. Du wirst dort Ruhe finden und du wirst sehen, irgendwann erfüllen sich nicht nur deine beruflichen Träume, sondern vielleicht auch dein wahres Glück!"

Damit schloss Mr. Dunken.

Richard und Grace sahen sich schuldbewusst an. Millies letzte Worte gingen ihnen sehr nahe. Sie scheint doch etwas geahnt zu haben. Und auch Ella hatte mit den Zeilen zu kämpfen. Es schien so, als würde Tante Milli sie besser gekannt haben, als sie sich selbst. Ihre Zweifel in den letzten Monaten zu kennen, obwohl sie sich über Wochen nicht mehr gesehen oder gesprochen hatten. Ella konnte es nicht fassen. Millie hatte ihr das Landhaus vererbt. Ihr, die in New York lebte und die gerade im Moment überhaupt nicht wusste, was sie mit dieser Neuigkeit und ihrem Leben anfangen sollte.

Einzig Rose schien über Millies Worte nicht überrascht und sehr dankbar zu sein. Sie versuchte erst gar nicht ihre Tränen zurückzuhalten und als sie Ellas Hand nahm, war diese sich nicht sicher, ob Rose als Millies Vertraute nicht schon vorher über deren letzte Zeilen Bescheid gewusst hatte. So war ihre Tante immer gewesen. Schon als Ella noch klein war, hatte sie ihr immer wieder ermöglicht, große Dinge zu sehen, ihr gezeigt, dass man alles erreichen konnte, wenn man wollte, aber auch den Weg zu sich selbst finden musste. Das hatte sie mit diesem Brief wieder einmal deutlich gemacht.

Während der Heimfahrt sagte niemand etwas. Jeder war mit seinen Gedanken beschäftigt.

Die Bakers hatten Rose zuhause abgesetzt. Und als sie zurückfuhren fragte Grace, ob sie nicht noch gemeinsam irgendwo essen gehen sollten. Ella schaute ihren Vater an. Der wusste nicht so recht zu antworten, also nahm Ella ihm die Antwort ab.

„Wir können uns auch etwas kochen, Mum. Hast du Lust?"

Jetzt schien Grace etwas überrumpelt, willigte aber mit einem Schulterzucken ein.

Es war fast wie früher, wenn die drei gemeinsam kochten. Alles, was der Kühlschrank bot, wurde auf den Küchentisch gepackt und dann beratschlagt, was man daraus machen könnte. Da es nicht viel gab, was man gesund nennen konnte, blieben am Ende nur Sandwiches übrig. Aber da jeder mit seiner eigenen Kreation beschäftigt war und dabei nicht wenig auf den Boden fiel, wurde daraus ein riesiger Spaß. Es schien so, als wäre alles wie immer. Ellas Eltern scherzten miteinander, beschmierten abwechselnd ihre Tochter das Gesicht mit Ketchup oder Senf und freuten sich darüber, wie die versuchte, die Soße mit der Zunge abzuschlecken. Grace besah den Küchenboden, als alle ihr Sandwich in der Hand hielten, und seufzte.

„Was für eine Sauerei!"

„Tja, wenn ich einen Hund hätte haben dürfen, müssten wir jetzt nicht alles aufkehren", konterte Richard und zog die Braue schelmisch hoch.

Es war eine Freude, den beiden zuzuschauen. Ohne nachzudenken und bestimmt noch mit Millies Worten im Hinterkopf, gingen sie miteinander um wie sich liebende und respektierende Ehepartner.

Ellas Handy klingelte, als sie gerade dabei war, sich nach dem Essen im Badezimmer wieder einigermaßen das Gesicht abzuwaschen. Es war July, die ein paar Stunden Zeit hatte und fragte, ob sie zu Olivia ins Diner gehen wollten. Ella ging leise die Treppen hinunter und lugte um die Ecke in die Küche. Ihre Eltern unterhielten sich noch immer angeregt, ohne Streit und lächelten dabei. Vielleicht war das genau der richtige Zeitpunkt, die beiden allein zu lassen, dachte Ella und sagte zu.

Kurze Zeit später rief sie ihnen zu, dass sie noch einmal weggehen würde und ließ ihre Eltern verdutzt zurück.

July kam ihr schon entgegen. Sie hatten entschieden, ins Diner zu laufen. Es war ja nicht weit und zur Not konnten sie sich ein Taxi nehmen.

„Jetzt erzähl mal, du kleine Modeprinzessin, du haust sie in New York alle um, oder?"

Ella war gar nicht in der Stimmung, schon wieder darüber zu reden, viel lieber wollte sie etwas über Julys Leben in den letzten Jahren erfahren.

„Es läuft wirklich gut, ich kann mich überhaupt nicht beschweren, aber bitte erzähl mir von dir, ja? Ich möchte es gerne hören und bin froh, einmal nicht im Rampenlicht zu stehen", entgegnete Ella.

Ihre Freundin lachte. „Bescheiden, wie immer. Aber weißt du, als Hausfrau und Mutter von drei Jungen schaue ich mir gerne mal an, was du in der großen weiten Welt so treibst und ich liebe nach wie vor deine Kleider und erst deine ausgefallenen Hosenanzüge…Hammer! Aber ich verstehe dich. Hier in Summerville bist du einfach unsere Ella. Was möchtest du denn noch von mir wissen?"

Ella sah sie dankbar an und July erzählte ihr, dass sie mit dem besten Mann verheiratet war, den man sich vorstellen konnte. Er war in der Baubranche tätig und sie kamen sehr gut zurecht. Ihre Jungen, zehn, sechs und vier Jahre alt, waren ihr ganzer Stolz und man merkte July an, dass sie ganz in ihrem Element war.

„Weißt du, Joseph kümmert sich unglaublich toll um die Kinder, wenn er nicht arbeiten muss. Heute haben die Männer zum Beispiel den gesamten Tag am Baumhaus herumgebastelt und seit dem Abendessen sitzen sie vor der Playstation. Der perfekte Zeitpunkt also, um dich anzurufen und mit dir um die Häuser zu ziehen."

Sie waren in „Jimmys Diner" angekommen. Es hieß noch immer so, obwohl Jimmy längst verstorben war. Aber der Name stand wohl nach wie vor für Qualität. Darauf jedoch kam es den Frauen an diesem Abend nicht an. Sie wollten Olivia treffen und hofften auf einen schönen Abend zu dritt…

Der Gastraum war gut gefüllt. Olivia war aber nicht zu sehen. Nur Dean stand hinter dem Tresen.

July und Ella setzten sich an einen Tisch und sahen sich die Karte an. Sie erschraken regelrecht, als Dean an den Tisch kam und forsch nach ihrer Bestellung fragte. Seine Stimme und seine unsympathische Art waren nicht gerade einladend.

„Wir möchten gerne…", begann Ella, wurde aber von July unterbrochen.

„Wo ist Olivia? Kannst du sie uns bitte herschicken?", Sie klang entschlossen und gerade heraus. Es schien, als würde sie öfter so mit Dean reden und machte keinen Hehl daraus, dass sie ihn offenbar nicht mochte.

„July, schön dich zu sehen. Und wer ist deine bezaubernde Freundin?"

Ella spürte Deans Blicke auf ihrem ganzen Körper und es fühlte sich ekelhaft an.

„Lass den Blödsinn, Dean, hol Olivia her!", sagte July sofort.

„Sie ist gerade verhindert", antwortete der bissig und ließ die Frauen allein.

„Was bitte…", fing Ella an zu fragen und July beendete den Satz kurz und knapp: „Lass ihn, er ist ein Arsch! Ich hatte gehofft, heute würde es anders sein als sonst."

„Wie meinst du das? Kommen denn bei seiner Bedienung so viele Leute hierher?", fragte Ella.

„Ich kann es dir nicht sagen. Wenn ich mit den Jungs herkomme, mache ich das nur, um nach Olivia zu sehen…naja, und wegen des Latte Macchiato, der ist wirklich sehr gut."

Als wenig später noch ein paar Gäste kamen und Dean offensichtlich nicht mehr alle bedienen konnte, ging er nach hinten. Kurze Zeit darauf kam Olivia nach vorne. Sie zog ihre Schürze glatt, fuhr sich kurz durchs Haar und über die Augen. Sie nahm ihre Freundinnen gar nicht wahr, sondern bediente zunächst die ersten Tische. Als sie bei July und Ella ankam, hielt sie für einen kurzen Moment die Luft an. Es war ihr unangenehm, das merkte man sofort, und die Frauen bemerkten, dass etwas mit ihr überhaupt nicht stimmte.

„Was macht ihr denn hier? Schon heute? Ich habe leider gar keine Zeit für euch. Aber kann ich euch etwas bringen?" Sie schien total überfordert. Sie hatte nicht mit den beiden gerechnet, nicht heute.

Ella bestellte einen Wein und July einen Gin Tonic.

Olivia war noch keine Sekunde gegangen, als Ella sich über den Tisch beugte und ihrer Freundin fest in die Augen sah.

„Hast du das gesehen?", fragte sie frei heraus.

„Was?", antwortete July.

„Ihr Hals und ihr Ohr! Es sah aus, als hätte sie Make up auf ihrem Hals verteilt, aber nicht besonders vorteilhaft, und ihr Ohr glühte ja förmlich."

Ella war entsetzt. July schien nichts aufgefallen zu sein. Sie zuckte mit den Schultern. „Olivia ist oft etwas abwesend und schüchtern, aber das habe ich nicht gesehen. Vielleicht hat sie versucht, einen Knutschfleck zu verdecken?" Sie verdrehte dabei die Augen und zuckte mit den Schultern.

Dann begann sie wieder, ohne weiter darauf einzugehen, von ihrer Familie zu erzählen und Ella war einfach fasziniert. Es musste wunderbar sein, so einen Mann und solche Kinder zu haben und sich um sie kümmern zu dürfen.

Olivia brachte die Getränke und als sich das Diner langsam leerte, setzte sie sich zu den beiden.

„Es tut mir leid, dass ich bisher keine Zeit für euch gefunden habe, aber freitags ist es schon immer ein wenig voll hier", meinte sie entschuldigend. Das war die alte Olivia, zurückhaltend und etwas in sich gekehrt, dachte Ella.

Sie redeten eine Weile, bis Olivia das Diner abschloss. Dean war nach oben gegangen.

„Jetzt haben wir ein paar Minuten für uns", freute sie sich und nahm einen Tee mit an den Tisch. Ella fiel auf, dass sie viel gelöster war, seit Dean gegangen war.

„Wisst ihr, was mir gerade einfällt?", warf Ella schließlich in die Runde.

Die beiden anderen schauten sie fragend an.

„Ich war heute bei Tante Millies Testamentseröffnung. Sie hat mir das Landhaus am Lake Moultrie vererbt, in dem wir einen Großteil unserer Kindheit verbracht haben. Was haltet ihr davon, wenn wir gemeinsam ein paar Tage an den See fahren?"

Ella war selbst überrascht von ihrem Vorschlag, zumal sie noch nicht wirklich realisiert hatte, was am Nachmittag geschehen war und wie sie damit umgehen sollte. Vielleicht lag es am Wein oder auch daran, dass sich Millies Worte in ihre Seele gebrannt hatten. Es war für diesen Moment auch vollkommen egal, denn es fühlte sich richtig an, auch wenn sie nicht wusste, wie sie das gegenüber ihrer Firma verantworten und vor allem Mike erklären sollte. Was sie wusste, war, dass sie wieder Zeit mit Olivia und July verbringen wollte, so wie früher, unbeschwert und allein der Gedanke daran beflügelte sie regelrecht…

Die Freundinnen hatten Ella eine geraume Zeit einfach nur angestarrt, bis July plötzlich aufsprang und sie umarmte.

„Das ist die beste Idee, die ich seit langem gehört habe. Es ist ja einfach unfassbar, dass Millie dir das Haus vermacht hat. Ja aber du lebst doch in New York…wie willst du es denn nutzen? Vermieten, die Ferien dort verbringen, oder nach Hause zurückkommen?"

Julys Fragen stürzten über Ella herein und sie selbst hatte natürlich noch keine Antwort darauf. Einzig Olivia blieb vollkommen ruhig. Sie schaute wieder und wieder auf die Uhr, bis sie schließlich sagte: „Ich finde die Idee auch sehr gut, aber leider kann ich dir noch nicht versprechen, dass ich mitkommen kann. Die Arbeit im Krankenhaus und hier, ich werde nicht viel Zeit haben und Dean…" Olivia hielt inne und schaute zu Boden. „Ich muss euch jetzt leider bitten zu gehen, da ich morgen sehr früh aufstehen muss. Aber ich melde mich bei dir, Ella, ja?" Während sie das sagte, schaute sie immer wieder in Richtung Küche. Dann stand sie auf und ging zur Tür. Für Ella und July war das der unmissverständliche Hinweis zu gehen.

Als beide Frauen später gemeinsam durch die Stadt liefen, kamen sie bei ihrem Gespräch nicht um diese merkwürdige Situation im Diner herum.

„Irgendetwas stimmt doch nicht mit Olivia, oder? Hat ihr seltsames Verhalten vielleicht etwas mit ihrem Mann zu tun?", fragte Ella.

„Alles hat etwas mit Dean zu tun! Ich sagte dir doch, er ist ein arroganter Idiot und wenn er sie nicht hätte, würde das Diner nicht laufen. Er vergrault mit seinem ekelhaften Charakter die meisten Leute und ich glaube, erst wenn Olivia am Abend von der Arbeit kommt und die Bewirtung übernimmt, gehen die Leute auch gerne ins Diner. Du kennst sie, sie ist liebevoll, etwas schüchtern, aber immer hilfsbereit. Mein Gott, ich habe schon oft darüber nachgedacht, wie sie das alles nur schafft und dann noch dieser Kerl dazu! Ich habe es so gut getroffen und du ja auch, aber für unsere Kleine hätte ich mir ein bisschen mehr Glück gewünscht."

Ella nickte traurig.

July verabschiedete sich wenig später und Ella ging die letzten Schritte zu ihrem Elternhaus. Ihr ging die Idee mit ihren Freundinnen nicht mehr aus dem Kopf. Sie freute sich darauf. Sie entschloss sich, am nächsten Tag hinauszufahren und sich Millies, nein ihr Landhaus anzuschauen. Es war lange her, dass sie das letzte Mal da gewesen war und sie war sehr gespannt.

Das Licht im Haus brannte noch, ihr Vater war also noch nicht zu Bett gegangen. Und das Auto ihrer Mutter stand ebenfalls noch neben der Garage. Ein zufriedenes Grinsen huschte über Ellas Gesicht.

Sie schlich leise hinein und lugte ins Wohnzimmer. Ihre Eltern saßen sich gegenüber und redeten. Grace lachte und auch ihr Vater sah viel zufriedener aus als in den letzten Tagen. Ella beschloss, die beiden nicht zu stören und ging auf ihr Zimmer.

Bevor sie die Augen schloss, kam ihr der letzte Besuch bei Tante Millie in den Sinn. Es musste schon zwei Jahre her sein, als sie sie gemeinsam mit ihren Eltern besucht hatte. Sie war bereits sehr krank gewesen, hatte sich aber nichts anmerken lassen. In ihrem hohen Alter kümmerte sie sich noch selbst um den Haushalt, den Garten und natürlich das alte Boot am Steg des Lake Moultrie. Damals war sie gerade dabei gewesen, es neu zu streichen. Als sie ihre Familie kommen sah, funkelten ihre blauen Augen vor Freude. Sie ließ sofort ihre Arbeit liegen und begrüßte sie. Sie war dünn geworden, wie Ella bemerkte, als sie sich umarmten, aber ihr Lächeln war noch immer voller Lebenslust und Zuversicht.

Sie hatte am Morgen einen Kuchen gebacken, den sie dann zusammen aßen und Millie ihre Geschichten erzählte. Später war Ella in den Garten gegangen und hatte sich die wunderschönen Blumen angesehen, den beachtlichen Kräutergarten und das große Gemüsebeet.

Seit sie denken konnte, hatte sich Millie mit den meisten Dingen aus ihrem Garten selbst versorgt. Auch an das spätere Gespräch ihrer Tante mit Richard erinnerte sich Ella. Er hatte damals schon gewollt, dass sie sich in ein Pflegeheim begeben würde, um gut versorgt zu sein und ihr angeboten, sich um das Haus zu kümmern. Millie aber hatte dankend abgelehnt.

Ungefähr ein Jahr darauf hatte sie jedoch keine andere Wahl mehr gehabt. Der Krebs war weit fortgeschritten und eine Behandlung und Betreuung so nicht mehr möglich.

Es war ihr sicher sehr schwer gefallen, ihr geliebtes Zuhause verlassen zu müssen, dachte Ella, bevor sie schließlich einschlief.

Der Morgen weckte Ella mit hellen Sonnenstrahlen. Die Vögel zwitscherten vergnügt um die Wette und als sie aus dem Fenster sah, bemerkte sie auf dem Baum davor zwei Eichhörnchen, die offenbar Fangen spielten. Gott, wann hatte sie das letzte Mal so etwas gesehen? In den vielen Jahren in New York sicher nicht.

Ella sprang aus dem Bett und ging vor sich hin pfeifend die Treppe hinunter. Als sie in die Küche kam, wurde sie von ihrem Vater sofort gebeten, leise zu sein. Sie sah ihn verdutzt an und formte lautlos mit den Lippen: „Was ist los?"

Richard grinste und zeigte auf die Couch im Wohnzimmer. Dort lag Grace, eingewickelt in eine flauschige Decke und friedlich schlafend.

Richard konnte den Blick offensichtlich nicht von seiner Frau abwenden. Als er es dann doch wenig später tat, starrte Ella ihn fragend an. Er zuckte nur mit den Schultern und legte den Finger auf die den Mund. Er wollte Grace´ Anwesenheit so lange wie möglich genießen und sie nicht wecken.

Kurze Zeit später erwachte sie dennoch und sah sich verwirrt um. Richard und Ella prusteten laut los und auch Grace konnte sich das Lachen nicht verkneifen.

„Es tut mir leid, ich muss wohl irgendwann eingeschlafen sein", sagte sie noch immer verschlafen.

Aber nach einem kurzen Blick auf ihr Handy war sie hellwach.

„Bitte entschuldigt, ich muss kurz telefonieren", sagte sie schnell und verließ den Raum.

„Wen muss sie so dringend anrufen?"; fragte Ella.

Richard zögerte kurz.

„Ich denke, ihren Freund. Aber ich bin nicht sicher. Genau darüber haben wir uns gestern nicht unterhalten und ich war auch sehr froh darüber. Eigentlich haben wir uns sehr wenig darüber ausgetauscht, was in den letzten Wochen nach ihrem Auszug passiert ist, wir haben vielmehr in Erinnerungen an die Zeit vorher geschwelgt. Jetzt scheint mich aber die Realität wieder einzuholen…" Richard sah traurig aus. Ella konnte ihn verstehen, aber sie wollte wissen, wo und wie ihre Mutter jetzt lebte und wenn sie ehrlich war, war sie auch ein wenig enttäuscht darüber, dass sie ihr bisher noch nichts davon erzählt hatte.

Als Grace zurückkam, sprach Ella sie direkt darauf an und erntete von ihrem Vater einen entsetzten Blick.

„Schatz", antwortete Grace, „Es ist nicht ganz so, wie du vermutest und ich habe darüber auch noch nicht mit deinem Vater gesprochen, aber vielleicht ist jetzt der richtige Zeitpunkt." Sie setzte sich. „Ja, ich habe einen anderen Mann kennengelernt, mit dem ich anfangs sehr viel Zeit verbracht habe. Wir hatten gemeinsame Interessen, haben viel geredet, gemeinsam

Veranstaltungen besucht und Ausflüge gemacht. Er hat sich für mich interessiert und mir das Gefühl gegeben, ihm etwas zu bedeuten. Aber ich konnte und wollte mich auf anderer Ebene nicht auf ihn einlassen. Da die Probleme mir hier zu Hause andererseits über den Kopf wuchsen, entschied ich mich, zu einer Freundin zu ziehen, um in Ruhe über alles nachzudenken. Ich habe diese Zeit gebraucht und ich brauche sie noch immer. Denn was ich auf keinen Fall möchte, ist, zu dir zurückzukehren, Richard, und dir weiter dabei zuzuschauen, wie du dein Leben ohne mich lebst. Ich hoffe, ihr beide könnt das verstehen."

Weder Ella noch ihr Vater wussten, was sie sagen sollten. Richard war sich seit langem darüber im Klaren, was er falsch gemacht hatte und wünschte sich nichts mehr, als es wieder gutmachen zu dürfen. Aber er wusste auch, dass er Grace nicht mit Versprechen überfallen durfte, er musste sie davon überzeugen, dass er sich und sein Verhalten geändert hatte.

Ella nahm ihre Mutter in den Arm.

„Ich weiß, dass ihr beiden das schaffen werdet!", flüsterte sie.

Grace war den Tränen nahe und wollte sich verabschieden. Doch bevor sie ging, wandte sie sich noch einmal an ihren Mann.

„Danke für den schönen Abend." Richard lächelte dankbar. Grace schenkte ihm ebenfalls ein Lächeln und ging.

Ella zwinkerte ihrem Vater zu.

„Jetzt bist du am Zug, Dad!"

Und Richard wusste in diesem Moment, was zu tun war.

Wenig später war auch Ella abfahrbereit. Sie hatte sich zur Sicherheit ein paar Sachen eingepackt, falls sie vielleicht über Nacht im Landhaus bleiben würde. Richard hielt das für keine gute Idee. Er war zwar vor zwei Wochen das letzte Mal dort gewesen, um nach dem Rechten zu schauen, aber ihm wäre es lieber, sie würde am Abend wieder nach Hause kommen. Ellas Argument, dass er sich keine Sorgen machen musste und Millie schließlich über viele Jahre allein dort gelebt hatte, musste er natürlich akzeptieren. Er versäumte es aber nicht, seiner Tochter noch mit auf den Weg zu geben, dass sie eine Stadtlady geworden sei und vielleicht gar nicht mit diesem einfachen Landleben umgehen könne. Damit handelte er sich eine kleine Kabbelei mit seiner Tochter ein, auf genau die er es auch abgesehen hatte.

Das erste Mal seit langem ging es ihm wieder besser. Er hatte nach dem gestrigen Abend und dem heutigen Gespräch neuen Mut gewonnen und den unbedingten Willen, sich seine Frau zurückzuholen!

7

In den letzten beiden Jahren hatte sich viel verändert, allein in der Bonneau waren zahlreiche neue Gebäude errichtet worden, es gab Cafes und Bars, die Ella noch nicht kannte, und auf dem Weg in den National Forest war noch ein großes Einkaufszentrum errichtet worden. Sicher war der wachsende Tourismus ein Grund dafür. Ella befürchtete schon, dass sich auch die Gegend am Lake Moultrie verändert hatte und es nicht mehr so war, wie sie es kannte. Doch sie täuschte sich glücklicherweise. Als sie die alte Straße in den Wald abbog, der zum Haus führte, war alles wie früher. Eine unglaublich angenehme Ruhe begleitete sie, die Sonnenstrahlen brachen sich in den Bäumen und entlockten dem Wald damit eine mystische Aura. Ella ließ das Fenster herunter und steckte wie früher den Kopf heraus, um den Duft der Natur in sich aufzusaugen. Und bald konnte sie schon den See erkennen. Sie hielt kurz den Wagen an. Ein unglaublich schönes Bild tat sich vor ihr auf. Der Wald hatte sich gelichtet, die Sonne tanzte auf dem Wasser und brachte es zum Funkeln…außer den Geräuschen der Natur war nichts zu hören. Es war traumhaft schön, eine Oase der Ruhe, fernab des Alltags und aller Probleme. Wenige

Meter weiter war das Haus bereits zu sehen. Es war so wunderschön, wie eh und je. Ein typisches Landhaus South Carolinas, nicht allzu groß inmitten hochgewachsener Bäume. Die Veranda um das gesamte Haus herum bot mehrere Sitzgelegenheiten und einerseits den Blick auf den herrlichen See und an der Rückseite auf den großen Garten und den Wald. Greg war ebenso wie Richard Schreiner gewesen und hatte fast das gesamte Haus allein nach seinen und den Wünschen seiner Frau Millie gebaut. Die beiden Schaukelstühle standen noch immer auf der vorderen Veranda und wenn Ella sich recht entsann, hatte Greg immer dagesessen, als sie zu Besuch war. Sie war noch sehr klein gewesen, als er starb, aber seine liebevolle Art war ihr in Erinnerung geblieben.

Ehrfürchtig schloss sie die Eingangstür auf. Es war ein komisches Gefühl, nicht mehr von Millie empfangen zu werden, und es fühlte sich ein wenig fremd an, ohne sie hier zu sein. Es roch noch nach ihr, den vielen Blumen, vor allem Freesien, die im ganzen Haus verteilt gewesen waren. Eine Welle der Trauer überfiel Ella für einen Moment und sie setze sich auf das zerschlissene Sofa. Tränen rollten über ihre Wangen, als sie sich umschaute. Nichts hatte sich verändert. Und doch blieb nicht viel von einem geliebten Menschen, wenn er gegangen war, nur die Gedanken an ihn und das wunderbare Gefühl, ihn ein Stück des Weges begleitet zu haben.

Kurze Zeit später ging sie nach oben in die Kammer, in der sie als Kind immer hatte schlafen dürfen. Sofort fiel ihr die Geschichte mit dem Waschbären wieder ein. Der alte Ohrensessel stand an seinem Platz, das große gemütliche Bett und der urige Dielenschrank ebenfalls.

Plötzlich hörte Ella ein Geräusch. Zuerst kicherte sie, weil sie annahm, dass sich wieder ein Waschbär im Haus verlaufen haben könnte, aber als sie eine tiefe männliche Stimme hörte, hielt sie inne. Langsam ging sie nach unten.

„Hallo? Ist da jemand?"

Ella stand einem jungen Mann gegenüber. Er war sehr groß, kräftig gebaut und wie sie Anfang 30, etwas älter vielleicht. Er hatte dunkle, gelockte Haare, war braun gebrannt und hatte hellgrün leuchtende Augen.

„Was tun Sie hier? Wer sind Sie?"

„Diese Frage sollte ich vielleicht Ihnen stellen!", konterte Ella sofort.

„Ich wollte nur nachsehen, ob alles in Ordnung ist. Es ist schon lange niemand mehr hier gewesen, soweit ich weiß. Entschuldigung, mein Name ist Aiden und ich betreibe etwas weiter unten am See eine Surfschule. Ich kannte Millie sehr gut und half ihr ab und an. Im letzten Jahr habe ich mich auch um das Haus gekümmert, wenn es etwas zu erledigen gab. Und nun antworten Sie mir bitte."

Seine schüchterne und zugleich bestimmte Art gefiel ihr.

„Ich bin Ella. Millie war meine Großtante und ich bin die Erbin dieses Hauses."

„Sind Sie etwa Ella Baker?", fragte Aiden nach.

„Ja", antwortet sie knapp, „Müssten wir uns kennen?"

Aiden schüttelte den Kopf, stützte die Hände in die Hüften und schaute auf die Veranda hinaus, als würde er nachdenken.

„Nein, müssten wir nicht", sagte er wenig später, „ich lasse Sie dann mal wieder allein. Falls Sie Hilfe brauchen, melden Sie sich. Einen schönen Tag noch."

Ella schaute ihm verwundert nach. Warum sollte sie Hilfe brauchen und warum kam ihr dieser Kerl auf irgendeine Weise bekannt vor? Hatten sie sich etwa schon einmal gesehen? Sie konnte sich beim besten Willen nicht entsinnen…

Nachdem sie im Garten gewesen war, hatte sie beschlossen, sich am nächsten Tag ein wenig darum zu kümmern. Er war etwas verwildert und konnte Pflege gebrauchen. Damit stand ihr Entschluss fest, doch hier zu übernachten. Kurz hinterließ sie ihrem Vater eine Nachricht auf der Mailbox.

Sie hatte sich glücklicherweise etwas zum Essen mitgebracht und setzte sich damit und einem Glas Wein auf die Veranda. Es war Abend geworden und die

Sonne ging langsam unter. Das Farbenspiel auf dem stillen See war faszinierend und das Abendrot bezaubernd. Was brauchte man mehr als diese atemberaubende Natur?

Die Nacht brach herein und als es allmählich kühler wurde, nahm sich Ella eine Decke aus dem Wohnzimmer und ging hinunter an den See. Millies altes Boot lag im Wasser, als sei es erst kürzlich genutzt worden, obwohl der Boden ziemlich defekt war. Ein Ruder lag darin, eines hing im Wasser daneben. Bei dem Versuch, es ins Boot zu bekommen, rutschte Ella ab und stand knietief im Wasser. Die Decke, die sie wärmen sollte, war ebenfalls nass geworden. Zuerst stand sie nur da und sah schockiert an sich herunter, aber dann begann sie lauthals zu lachen. Ihr Lachen schallte auf den See hinaus und sie war sich sicher, wenn Millie sie jetzt hätte sehen können, hätte sie sich wahrscheinlich ebenfalls vor Lachen gekrümmt.

Es fühlte sich gut an, Dinge zu tun, die so herrlich normal waren und sie an ihre Kindheit hier erinnerten, an Dinge, die sie in ihrem jetzigen Leben in der Stadt fast verlernt hatte zu sehen und zu erleben. Sie warf tropfnass, wie sie war, das zweite Ruder ins Boot und ging noch immer grinsend zurück.

Sie legte die Decke über den Schaukelstuhl und ging hinein. Als sie sich ihrer nassen Sachen entledigt hatte und ein Bad einließ, suchte sie in dem alten Bauernschrank nach Handtüchern und Bettwäsche. Ella fand alles, ordentlich sortiert und teilweise sogar beschriftet. Es gab Handtücher, die in das untere Badezimmer gehörten, Bettwäsche für jedes Schlafzimmer und sogar extra welche für Millie und Greg. Millie war ein Organisationstalent gewesen und ausgesprochen ordentlich. Das hatte Ella gewusst. Umso mehr verwunderte es sie, dass sie hinter den Handtüchern etwas sah, das sie stutzig machte. Sie räumte die Tücher beiseite. Der Schrank hatte offensichtlich eine doppelte Wand. Nach einigen Mühen konnte sie diese nach oben schieben und fand eine alte Holzkiste.

Sie war relativ groß und Ella hatte Mühe, sie aus dem Schrank zu zerren. Sie stellte sie vor sich auf den Boden und betrachtete sie. Sie schien verschlossen zu sein, denn mit einem einfachen Ziehen am Deckel war sie nicht zu öffnen.

Ella war sich nicht sicher, ob es ihr zustand, diese Kiste zu öffnen, denn auch wenn Millie ihr das Haus vermacht hatte, hieß das noch lange nicht, dass sie das Recht hatte, in deren Leben herumzuschnüffeln.

Die Kiste dennoch nicht aus den Augen lassend, ging Ella ins Badezimmer. In der urig gemütlichen Wanne hatte sie Zeit, sich zu überlegen, was sie tun sollte. Sie genoss das heiße Wasser, die Ruhe und das Alleinsein. In den letzten Stunden hatte sie nicht ein einziges Mal auf ihr Handy gesehen.

Ella hatte eine Weile entspannt dagelegen und dabei nicht bemerkt, dass draußen ein Sturm aufgezogen war. Sie summte vor sich hin und erst, als das Wasser langsam kalt wurde, stieg sie heraus. Eingewickelt in ein dickes Handtuch, das nach Veilchen duftete, ging sie zurück in das Schlafzimmer. Die Kiste stand noch immer da und Ella konnte einfach nicht anders, als sie zu öffnen. Nach einigem Suchen fand sie an der Unterseite einen Schlüssel, der auf den Boden geklebt war. Sie löste ihn und öffnete die Kiste. Ihr Herz schlug schneller, als würde sie etwas Unrechtes tun, aber als sie sah, was obenauf lag, schlug ihr Herz vor Freude höher. Es war das alte große Buch, aus dem Millie ihnen als Kinder immer vorgelesen hatte. Sie nahm es heraus, schob die Kiste unter das Bett und setzte sich auf den Sessel, in dem auch ihre Großtante beim Vorlesen immer gesessen hatte. Sie blätterte in dem Buch und fand die Geschichte, an die sie sich erinnerte. Der kleine Junge, der weglief, um seinen Traum zu finden und sich dabei im Wald verirrte...

Was war das! Ella hörte ein lautes Krachen. Jetzt wurde ihr bewusst, dass das Wetter umgeschlagen und es sehr windig geworden war. Schnell legte sie das Buch beiseite, zog sich ihren Bademantel über und rannte nach unten. Die Tür zur Veranda war durch den Sturm aufgerissen worden. Offensichtlich hatte sie vergessen, sie zu verschließen. Sie ging noch einmal hinaus, um nachzusehen, ob alles in Ordnung war und bemerkte, dass einer der Schaukelstühle umgefallen war.

Ella richtete ihn wieder auf und schaute sich kurz um. Der See sah anders als noch vor ein paar Stunden, grau und furchteinflößend. Das Wasser schlug hohe Wellen und der Wind pfiff dazu ein gruseliges Lied. Nur ein einziges Mal hatte sie bisher einen solchen Sturm am See erlebt, nur war sie damals nicht allein hier gewesen, sondern zusammen mit Millie und ihren Freundinnen.

Sie wandte sich um und wollte hineingehen, als sich plötzlich die gusseiserne Blumenampel über ihr aus der Halterung löste. Ella vernahm das laute Knacken und sah nach oben…doch da war es bereits zu spät. Eine der Eisenstangen traf sie am Hinterkopf und sie verlor augenblicklich das Bewusstsein…die festen Schritte auf den knarrenden Holzstufen der Veranda hörte sie nicht mehr…

Wie warm es ist. So schön lacht die Sonne an diesem Morgen und ich freue mich darauf, an den See zu gehen und Boot zu fahren. Tante Millie hat es erlaubt. July sitzt noch am Frühstückstisch, aber Olivia ist schon fertig. Wir rufen unserer Freundin zu, dass sie die Letzte sein wird, wenn sie sie nicht beeilt und schon lässt sie den Löffel fallen und rennt zu uns. Olivia zwinkert mir zu und meint: „Das klappt immer wieder." Wir lächeln uns wissend zu und schon sind wir drei am See.

Tante Millies Boot liegt verkehrt herum am Ufer. Wir müssen es erst umdrehen und als wir es endlich geschafft haben, schreit Olivia mit einem Mal ganz laut. July lässt vor Schreck das Boot los und beinahe wäre es wieder umgekippt. Aber jetzt sehe ich auch, warum Olivia geschrien hat. Unter dem Boot steckt ein Junge! Er sieht komisch aus, so dünn und dreckig. Ich frage ihn, wie er heißt, aber er rennt einfach weg. July sieht mich an und zuckt mit den Schultern. „Lass uns fahren!", sagt sie und zieht das Boot ins Wasser. Ich drehe mich noch einmal um und sehe den Jungen. Er redet mit Tante Millie und sie streicht ihm über den Kopf...

...Millie liest uns gerade eine wundervolle Geschichte vor. Es geht um ein Schloss und eine Prinzessin, eigentlich sind es gleich mehrere Prinzessinnen und sie sind Schwestern. Aber keine gleicht der anderen. Jede hat besondere Wünsche, wenn sie einmal erwachsen

ist...die eine möchte gerne einen Prinzen heiraten und ein eigenes tolles Schloss haben, die andere möchte auch einen Prinzen heiraten, aber auch viele Kinder haben und die dritte mag überhaupt keinen Prinzen, sie möchte nur schöne Kleider anziehen und große Feste feiern...

...gerade fällt mir der Junge wieder ein und ich frage Millie nach ihm. Sie schaut uns kurz an, lächelt und sagt, wie sollen leise sein und ihr zuhören. Natürlich machen wir das auch. Es ist schön, ihre Geschichten zu hören...

...ich bin allein bei Tante Millie und darf mir einen Film ansehen. Sie ist in die Küche gegangen, um mir eine Milch zu holen. Aber es dauert so lange und als ich ihr nachgehe, höre ich sie mit jemandem reden. Sie sieht mich, schaut mich erschrocken an und ich sehe eine Schatten im Garten verschwinden...ich frage sie nicht danach, denn wenn ich eins von Tante Millie gelernt habe, dann ist es, dass es viele Geheimnisse gibt...und das sollten sie auch bleiben...

8

Vorsichtig blinzelnd öffnete Ella die Augen. Sie versuchte sich umzuschauen, bemerkte aber, dass sie den Kopf kaum bewegen konnte. Ein stechender Schmerz durchfuhr sie und als sie an ihren Hinterkopf griff, spürte sie einen dicken Verband. Sie lag in dem Bett, in dem sie schon als Kind geschlafen hatte, es war bezogen und sie trug noch immer den Bademantel über dem Handtuch. Sie sah das große Buch auf dem Sessel liegen und versuchte sich zu erinnern. Sie hatte darin gelesen…sie hatte es in der Kiste gefunden und dann…? Langsam richtete sie sich auf.

Es fiel ihr schwer aufzustehen. Nach und nach entsann sie sich. Es hatte gestürmt, sie war hinuntergegangen, um die Tür zu schließen…der See hatte unwirklich und düster ausgesehen und dann…nichts mehr.

Offenbar hatte sie eine Verletzung…doch wie war das passier und wer hatte sie versorgt? Sie war doch allein. Sollte ihr Vater noch vorbeigekommen sein? So sehr Ella auch nachdachte, es fiel ihr nicht ein, was passiert war. Sie ging langsam die Treppe hinunter in der Hoffnung, Antworten zu finden. Als sie in der Küche ein Klappern hörte, war sie erleichtert. Scheinbar hatte sie richtig vermutet, dass ihr Vater später doch noch zum Landhaus gefahren war, weil er sie nicht hatte allein lassen wollen. Ella betrat die Küche und wollte Richard begrüßen…wich aber augenblicklich zurück und stieß einen grellen Schrei aus.

Sie fing sich gerade noch am Türrahmen ab…und vor ihr stand ein fremder Mann. Vielleicht war das ein wenig übertrieben, der Mann hatte sich ihr tags zuvor vorgestellt, aber was um Himmels Willen hatte er hier zu suchen? Bevor sie etwas sagen konnte, kam dieser Aiden auf sie zu, stützte sie und half ihr auf einen Stuhl. Jetzt erst bemerkte sie wieder ihre Aufmachung und nahm schützend die Hände vor ihren Körper.

Aiden grinste belustigt und stellte ihr einen heißen Tee auf den Tisch. Wieder versuchte sie, etwas zu sagen, und Aiden kam ihr zuvor: „Sie hätten liegenbleiben sollen, Sie sind noch zu schwach, um aufzustehen!"

Ella spürte Ärger in sich aufsteigen. Wie kam dieser Kerl dazu, sie so rumzukommandieren?

„Warum sind Sie hier? Was ist passiert?", brachte Ella übertrieben laut heraus.

Aiden sah sie mit seinen stechenden Augen an.

„Es gab einen Sturm gestern Abend und ich dachte, ich sehe noch einmal nach Ihnen. Denn nach allem, was ich von Ihnen weiß, sind sie das Landleben nicht gewohnt. Ich fand Sie in diesem Aufzug auf der Veranda. Die Blumenampel hat sie erwischt."

Seine selbstsichere Art regte Ella auf. Und erst recht, dass er vorgab, sie zu kennen und zu bezweifeln, dass sie landtauglich war.

„Hören Sie, wir kennen uns überhaupt nicht und es steht Ihnen nicht zu, beurteilen zu können, ob ich hier klarkomme!"

Aiden zog amüsiert die Augenbraue hoch.

„Ich möchte, dass Sie jetzt gehen. Aber dennoch vielen Dank für Ihre Hilfe.", setzte Ella hinzu. Noch gestern hatte er ihr seine Hilfe angeboten und heute schon musste sie von ihm gerettet werden. Na prima. Das fing ja gut an und wenn Ella ehrlich war, hatte sie das überhaupt nicht gewollt. Sie hatte sich schließlich allein in der Großstadt behauptet und hier sollte sie nicht zurechtkommen? Das wäre ja gelacht!

Aiden war im Begriff zu gehen.

„Passen Sie das nächste Mal besser auf, wenn Sie im Sturm nach draußen gehen!"

Ella saß noch eine Weile in der Küche und starrte ihre Tasse an. Was gerade passiert war, konnte sie nicht glauben und auch nicht, was Aiden versucht hatte, ihr zu erzählen.

Diese Blumenampel auf der Veranda hing dort, seit sie denken konnte. Greg hatte sie selbst angefertigt und zur Freude seiner Frau dort angebracht. Noch nie hatte sie sich bei einem Sturm auch nur bewegt und jetzt sollte sie heruntergefallen sein und auch noch in dem Moment, als Ella darunter stand? Das kam ihr ziemlich suspekt vor. Sie ging also hinaus, um es sich anzusehen. Der Sturm schien ziemlich gewütet zu haben, es waren unzählige Äste an den Steg getrieben worden, noch immer bedeckte eine Schaumschicht das Wasser. Und die massive Blumenampel lag an die Hauswand gelehnt…eine der Stangen war herausgerissen und daneben lag ein zerborstenes Schalbrett der Überdachung…

Wie war das möglich gewesen?

Der starke Haken, der die massive Blumenampel gehalten hatte, war aus der festen Verankerung gerissen worden, ein Stück Beton war ebenfalls auf den Boden gefallen.

Ihr Handy klingelte. Es war ihr Vater, der sich erkundigen wollte, ob Ella die Nacht überlebt hatte. Fast war sie versucht, ihm alles zu erzählen, aber dann hielt sie sich zurück. Sie wollte ihn nicht beunruhigen und so erklärte sie nur, dass die alte Blumenampel durch den Sturm beschädigt worden war. Richard wurde plötzlich still am Telefon.

„Die schwere Ampel auf der Veranda meinst du?", fragte er nach.

Ella bejahte seine Frage.

„Sie ist im Großen und Ganzen noch in Ordnung, nur hat die Verankerung nicht gehalten", setzte Ella nach.

„Du meine Güte, das kann doch nicht sein! Weißt du, wie lange die da schon hängt? Und jetzt auf einmal fällt sie einfach herunter? Aber wenn ich ehrlich bin, habe ich vor zwei Wochen auch schon einmal danach geschaut. Ich habe einen Riss in der Verschalung gesehen, mir aber nichts weiter dabei gedacht. Aber dir ist ja nichts passiert, oder?", fragte Richard.

„Nein", antwortete Ella schnell.

Nachdem sie ihrem Vater ausreden konnte, trotzdem zum See rauszufahren, ging sie wieder nach oben. Sie musste zugeben, dass sie noch ziemliche Schmerzen am Hinterkopf hatte. Vielleicht sollte sie sich noch ein bisschen hinlegen, bevor sie in den Garten ging und nachschaute, was der Sturm dort angerichtet hatte.

Als sie ins Zimmer kam und auf dem Sessel Millies altes Buch liegen sah, erinnerte sie sich wieder an die Holzkiste unter dem Bett. Ella zog sie hervor.

Was Millie wohl noch alles aufgehoben hatte?

Es waren noch einige weitere Bücher in der Kiste zu finden, ein Tagebuch und handgeschriebene Notizen. Aber da war noch ein verschlossener Umschlag. Ella hielt ihn in der Hand. Ein ausgeblichener Stempel der Stadt Bonneau war zu erkennen, sonst nichts. Die junge Frau starrte den Brief an, versuchte, einen Hinweis zu finden, was darin verborgen sein konnte und als sie sich geradeauf das Bett setzten wollte, knallte es erneut lautstark im Untergeschoss!

Vor Schreck ließ Ella den Brief fallen und starrte zur Tür. Das war doch nicht wahr? Sollte etwa das Haus über ihr zusammenfallen? Oder war das etwa wieder diese Aiden?

Ella stand entschlossen auf. Der klopfende Schmerz in ihrem Kopf hielt sie nicht davon ab, wütend die Treppe hinunter zu stapfen und diesem Kerl die Meinung zu sagen.

Mit einem Mal hörte sie eine übertrieben hohe Stimme ihren Namen rufen und blieb stehen.

July?

Als Ella schließlich hinunterkam, stand July mit offenen Armen vor ihr.

„Wie siehst du denn aus?", fragte die Freundin erschrocken. Sie nahm die Arme herunter und ging langsam auf Ella zu, die sich erleichtert auf die Treppe gesetzt hatte.

Warum hatte sie nur geglaubt, hier wenigstens ein paar Tage Ruhe zu finden? Sie schüttelte lächelnd den Kopf und ließ sich von July umarmen.

„Prinzessin, was ist passiert? Warum liegt Millies Blumenampel auf der Veranda? Hast du dich etwa verletzt?"

Nicht ich, war Ella versucht zu antworten, doch dabei fiel ihr schnell auf, dass sie unbewusst diesem Aiden die Schuld an ihrem Unfall geben würde. Und dabei sollte sie sich lieber bei ihm entschuldigen und für seine Hilfe bedanken.

Sie erklärte July knapp, was passiert war. Aiden ließ sie dabei allerdings außen vor.

Sie fragte nach Julys unerwartetem Besuch. Die antwortete, dass sie in der Stadt gewesen sei und von Richard wusste, dass Ella am See war und sei deshalb kurzerhand vorbeigekommen.

„Also Süße, ich habe noch ein paar Stunden Zeit. Wir bringen dich erst einmal wieder auf die Beine. Los, ab unter die Dusche, ich habe uns etwas zum Essen mitgebracht und natürlich auch etwas zum Trinken", meinte July zwinkernd und scheuchte Ella wieder nach oben.

„Bist du dir sicher, dass deine Verletzung nicht so schlimm ist?", fragte sie noch, als Ella schon fast im Badezimmer war.

„Alles in Ordnung", bestätigte Ella und schloss die Tür hinter sich.

Was für ein verrückter Tag, dachte sie, als sie die Dusche anstellte. Vor dem Spiegel löste sie den Verband. Das wenige Blut war schon etwas verkrustet und die Verletzung wirklich nicht der Rede wert. Dennoch schien sie für einige Zeit das Bewusstsein verloren zu haben. Sie war froh, dass es ihr wieder gut ging und den unglücklichen Start im Haus am See schnell vergessen konnte. Das hoffte sie zumindest…aber die kommenden Tage sollten sie eines Besseren belehren…

Nach einer halben Stunde sah Ella wieder aus wie sie selbst. Sie war in bequeme Sachen geschlüpft, hatte den gefundenen Brief erst einmal wieder in die Kiste gelegt und sie wieder etwas unter das Bett zurückgeschoben. Jetzt freute sie sich erst einmal auf ein wenig Zeit mit July.

Die hatte auf der Veranda den Tisch gedeckt. Es gab Obst, Sandwiches und eine gute Flasche Wein. July war einfach ein Schatz!

Nachdem sie eine Weile miteinander geplaudert hatten, entschieden sie, noch einmal an den See zu gehen. Mittlerweile schien die Sonne wieder angenehm warm, das Wasser lag ruhig und einladend vor ihnen und ließ an das gestrige Unwetter kaum noch erinnern.

Noch immer war Ella erstaunt darüber, wie bezaubernd es aussah, dass inmitten des weitläufigen Gewässers Bäume wuchsen, die komplett von Wasser umgeben waren. Besonders in den Abendstunden sah dieses Szenario wunderschön und gleichzeitig unwirklich und mystisch aus.

Es schien gute Windbedingungen zu geben, denn es war ein einsamer Surfer etwas weiter entfernt zu erkennen. July wies Ella darauf hin und die sagte ohne

Überlegung: „Das ist sicher dieser aufgeblasene Aiden!"

Als sie das gesagt hatte, forderte July eine Erklärung. Natürlich! Ella hätte sich auf die Zunge beißen sollen, so blieb ihr aber nichts anderes übrig, als ihr von ihrer Begegnung mit diesem Mann zu berichten. July sah sie dabei mit funkelnden Augen und einem komischen Gesichtsausdruck an, der sich immer mehr verstärkte, je mehr sich Ella über die Unverfrorenheit dieses Mannes aufregte.

Schließlich sah sie erbost zu ihrer Freundin hinüber.

„Was?", fragte Ella patzig.

July brach in herzliches Lachen aus.

„Das hört sich an wie in einem dieser Liebesromane. So wie ich das sehe, solltest du dich wohl eher bei diesem Aiden entschuldigen und bedanken, als über ihn zu schimpfen, meinst du nicht auch?", sagte July gelassen. Ella seufzte genervt.

„Das sehe ich allerdings auch so!"

Mit der festen Stimme hinter ihnen hatten die Frauen absolut nicht gerechnet! Sie drehten sich erschrocken um.

Ella verdrehte beim Anblick des Mannes die Augen und so war es auch nicht mehr nötig, ihn July vorzustellen.

Die stand sofort auf und stellte sich ihm vor. Das Grinsen in ihrem Gesicht ließ überhaupt nicht mehr nach. Plötzlich meinte sie, es eilig zu haben nach Hause zu müssen und ging ins Haus. Wenig später kam sie mit ihrer Tasche heraus, drückte Ella die noch ungeöffnete Weinflasche in die Hand und sagte: „Vielleicht reicht die erst einmal als Entschuldigung?"

Ella ließ sich verdattert in den Arm nehmen. Dabei flüsterte ihr July ins Ohr: „Er sieht unglaublich toll aus!"

July verabschiedete sich auch von Aiden, der ebenso verwirrt reagierte.

„Möglicherweise reparieren Sie noch Millies Blumenampel für Ella? Sie wäre Ihnen sicher sehr dankbar."

Und schon war July bei ihrem Wagen.

„Äh.." Aiden wusste nichts weiter zu sagen und auch Ella stand wie versteinert da.

Sie rief noch einmal nach ihr, aber July winkte nur, zwinkerte ihr zu und stieg ein.

Die beiden Zurückgebliebenen schauten sich verwundert an.

„Tja", sagte Aiden schließlich etwas verlegen, „dann sollten Sie sich jetzt wohl bei mir entschuldigen..."

Ella schaute zu ihm auf. Wieder hatte er seine Augenbraue nach oben gezogen und schien auf eine Reaktion von ihr zu warten.

Er sah wirklich verdammt gut aus! Was man von ihr im Moment wohl eher nicht behaupten konnte.

„Sie haben recht", antwortete Ella, „Ich danke Ihnen für Ihre Hilfe und es tut mir leid, dass ich Sie heute Vormittag förmlich rausgeworfen habe. Ich war etwas durcheinander und überfordert. Wenn ich ehrlich bin, bin ich das immer noch."

Manchmal sollte sie sich wirklich besser überlegen, was sie sagte!

Jetzt musste Aiden lachen.

„Ich verstehe. Vielleicht war unsere erste Begegnung etwas unglücklich. Also, wenn wir auf Julys Anraten zusammen diese Flasche öffnen sollen, wäre es vielleicht angebracht, uns zu dutzen."

Er legte den Kopf etwas schief.

Ella stimmte ihm zu. Sie reichte ihm die Hand. Er nahm sie entgegen. Ella wurde plötzlich warm. Schnell gab sie ihm die Weinflasche und ging ins Haus, um Gläser zu holen. Als sie in der Küche stand, spürte sie das Adrenalin in ihrem Körper. Sie zitterte, ihr war heiß geworden und sie konnte nicht aufhören zu lächeln.

Aiden hatte sich auf den Steg gesetzt und schaute auf das Wasser. Die Flasche hatte er bereits geöffnet. Ella beobachtete ihn. Ihre Aufregung ließ überhaupt nicht nach. Sie wollte nicht, dass Aiden das bemerkte, er tat es dennoch und nahm ihr ein Glas aus der zitternden Hand.

Ihre Blicke trafen sich...Ellas Augen spiegelten sich in seinen wider...die Farben verschmolzen miteinander und vereinten sich zu einem wunderbar warmen Ton. Zwei Seelen, die unterschiedlicher nicht sein konnten, trafen aufeinander und begannen, sich zu vereinen...

9

Es war Abend geworden und die beiden saßen noch immer auf dem alten Steg. Die Flasche Wein war fast leer und Ella konnte sich nicht erinnern, wann sie das letzte Mal ein so angenehmes Gespräch geführt hatte. Die Sonne begann unterzugehen und berührte am Horizont das Wasser. Es war ein herrlicher Anblick, wie jedes Mal, wenn Ella das Glück gehabt hatte, hier zu sein. Voller Erstaunen beobachtete sie, wie die Sonne langsam in den See tauchte. Das wundervolle Rot floss scheinbar in das dunkle Blau des Wasser und kreierte eine unbeschreibliche Farbkombination, die sich im Himmel widerspiegelte. Kleine Quellwolken unterbrachen das entstandene und facettenreiche Orange und schienen es aufzusaugen…

„Es gibt kaum etwas Schöneres…"

Ella drehte sich zu Aiden um, als er das gesagt hatte, und bemerkte, dass er sie beobachtete. Sie wusste ihm nicht zu antworten. Ihre erste Reaktion war, wie üblich, ein solches Kompliment mit einer Phrase einfach wegzuwischen, aber das gelang ihr diesmal nicht. Sie hielt seinem Blick stand, der so ehrlich war, wie sie es selten erlebt hatte. Ellas Körper begann zu kribbeln, und als Aiden ihre Hand berührte, spürte sie, dass es ihm ähnlich zu ergehen schien. Er kam vorsichtig auf sie zu, Ella konnte sich des Verlangens, ihn zu küssen nicht erwehren…ihre Lippen berührten sich fast, als plötzlich ein Glas ins Wasser fiel und dabei an einem Stein zersplitterte. Für einen winzigen Moment erschraken sie, schauten sich wieder an und brachen in lautes Lachen aus.

Der Augenblick war vorüber.

„Ich sollte jetzt gehen", meinte Aiden grinsend und stand auf. Er reichte Ella die Hand, nahm dann das andere Glas und die Flasche und bot ihr an, vor ihm zum Haus zu gehen. Ella ging vorsichtig vor ihm her, noch immer durcheinander von dem gerade Erlebten und offensichtlich wirkte auch der Wein ein bisschen. Plötzlich rutschte sie von einem Ast ab…sie sah sich schon auf dem Boden liegen, aber Aiden fasste blitzschnell ihren Arm, drehte sie zu sich herum und zögerte keine weitere Sekunde, um den gerade vereitelten Kuss nachzuholen. Ella sank in seinen Armen zusammen und genoss seine weichen und fordernden Lippen. Bisher hatte sie nicht gewusst, wie sehr sie dieses wunderbare Gefühl vermisst hatte…

Aiden ließ kurz von ihr ab und sah sie an…sein Atem ging immer schneller, wie auch der ihre…er stellte die Flasche und das Glas ab und nahm Ella einfach hoch. Noch sahen sie sich fest in die Augen…und sie wussten beide, was sie wollten…

Aiden trug Ella ins Haus, die Treppe nach oben…ohne aufzuhören, sie zu küssen. Sanft legte er sie auf das Bett in ihrem Zimmer.

„Ich weiß, wir sollten das nicht tun, aber…" Aiden wurde von einem erneuten Kuss von Ella unterbrochen. Sie hatte ihre wachsende Sehnsucht nach diesem Mann nicht mehr unter Kontrolle und Reden war im Moment das letzte, was sie wollte. Alle Gedanken darüber, ob es richtig oder falsch war, sich auf einen Fremden einzulassen, so schnell, so unkompliziert, hatten keine Chance, sich in ihrem Kopf festzusetzen. Das schwer beschreibbare Gefühl der körperlichen Anziehung hatte die beiden übermannt, sie verloren sich in dem Begehren des anderen, in der Sehnsucht nach körperlicher Liebe…

Als Ella erwachte, schickte die Sonne ihr bereits wärmenden Strahlen durch das Fenster. Noch immer dachte Ella zu träumen. Die letzte Nacht mit diesem geheimnisvollen Mann konnte nicht real gewesen sein. Es war so intensiv und wunderbar gewesen, wie sie es vorher nicht erlebt hatte. Sie schaute sich um und tatsächlich war sie allein. Ella versuchte, ihre Gedanken zu ordnen, setzte sich auf und ließ den Abend Revue passieren. Sie konnte nicht aufhören zu lächeln, das unglaubliche Glücksgefühl erfasste sie erneut und so beschloss sie, unabhängig davon, ob und wann sie Aiden möglicherweise wiedersehen würde, ihre neu gewonnene Energie in diesen herrlichen Tag zu stecken.

Beschwingt lief sie die Treppe hinunter. Bereits nach so kurzer Zeit fühlte sie sich irgendwie heimisch in Millies Haus. Natürlich konnte es möglich sein, dass dies auch an der Begegnung mit Aiden lag und bei diesem Gedanken spürte sie erneut Adrenalin durch ihrem Körper strömen. Es war ihr seit langem mental nicht mehr so gut gegangen wie an diesem sonnigen Tag und wenn sie jetzt noch etwas Essbares in der Küche finden würde, wäre ihr Glück perfekt. Und das war es!

Offenbar hatte Aiden bemerkt, dass ihr Kühlschrank bis auf wenige Kleinigkeiten nicht gefüllt war. Er hatte etwas Gemüse und Obst besorgt, frisches Weißbrot, Butter und Käse. Alles war schön auf dem Tisch drapiert und Ellas Herz schlug sofort noch höher, als sie auch noch Kaffee fand. Sie stellte das Radio an und sprang regelrecht durch die Küche, naschte überall und goss sich einen Kaffee ein. Was konnte es momentan Schöneres geben? Solch kleine Glücksmomente hatte sie schon lange nicht erlebt, wobei sie nicht einmal gewusst hatte, dass sie sie vermisste. Bedeutete Aidens kleine kulinarische Botschaft, dass die letzte Nacht keine einmalige Angelegenheit gewesen war? Ellas Gedanken rasten, aber ihr Gefühl sagte ihr, dass sie eine wunderbare Zeit haben würde.

Sie konnte in diesem Moment nicht ahnen, was sie in den kommenden Tagen tatsächlich durchmachen sollte…

Als Ella wenig später auf der Veranda saß und sich den Garten anschaute, hatte sie sofort jede Menge Ideen. Sie würde zuerst Unkraut ziehen, die bereits reifen Früchte ernten und vielleicht am nächsten Tag nach Bonneau fahren, um noch ein paar Pflanzen zu kaufen. Es war ihr vollkommen entfallen, dass sie ursprünglich in wenigen Tagen zurück nach New York fliegen wollte. Nachdem sie begonnen hatte, die Beeren zu pflücken, Salat und einige Gurken zu ernten, beschloss sie, auch gleich noch Lebensmittel einzukaufen. Vielleicht würde es am Wochenende schon zu einem Treffen mit ihren Freundinnen kommen, und da wollte Ella natürlich vorbereitet sein. Sie gefiel sich mehr und mehr in Millies Rolle einer zufriedenen Hausfrau.

Das Klingeln ihres Handys hörte Ella erst, als sie später wieder in ihrem Zimmer war, um sich umzuziehen. Sie erschrak, als sie sah, dass Mike sie bereits 13 Mal angerufen hatte. Plötzlich war sie zurück in der Realität. Durch die Ereignisse der letzten Tage hatte sie fast vergessen, wer sie war und welche Verantwortung sie trug.

Ella musste das Telefon etwas von ihrem Ohr halten, als Mikes laute und schrille Stimme ertönte. So aufgebracht war er schon lange nicht mehr gewesen, aber sie merkte sofort, dass es diesmal einen sehr positiven Grund haben musste. Immer wieder versuchte sie ihn zu beruhigen, weil sie kein Wort verstehen konnte. Er schien nebenbei noch mit jemand anderem zu sprechen. Sie schüttelte den Kopf und grinste in sich hinein und solange sie noch nicht Mikes volle Aufmerksamkeit hatte, begann sie nebenbei etwas aufzuräumen. Dabei stieß sie mit dem Fuß an die Kiste unter dem Bett, die sie fast vergessen hatte. Sie zog sie wieder hervor und nahm erneut den Brief in die Hand, der sie gestern schon verwundert hatte.

Sie war noch immer unschlüssig, ob sie ihn öffnen sollte, aber die Entscheidung wurde ihr vorerst abgenommen. Mike schrie plötzlich: „Ella! Ella! Hörst du mich?"

Sie bejahte seine Frage im Gegensatz dazu ganz ruhig.

„Ella! Wir haben vor zwei Stunden einen absolut gigantischen Auftrag an Land gezogen! Deine Kollektion wird auf der Fashion Week zu sehen sein! Du bist dabei! Ist das nicht toll? Du hast sie alle umgehauen, mein Schatz!"

Ella wusste gar nicht, was sie sagen sollte. Niemals hatte sie damit gerechnet, so schnell bei der Fashion Week dabei sein zu können und dann nicht nur mit ausgewählten Stücken, sondern ihrer gesamten Kollektion? Unglaublich! Sie war geschockt. Positiv geschockt natürlich und dennoch mischte sich ein wenig Wehmut unter ihre Freude, denn es würde bedeuten, dass viel Arbeit vor ihr lag und sie zurückfliegen musste.

„Ella?", Mike versuchte eine Reaktion zu bekommen, da Ella noch immer nichts gesagt hatte.

„Ja! Ja!", antwortete sie schnell. „Ich weiß nicht, was ich sagen soll. Wie hast du das gemacht?"

Mike erzählte ihr, dass er sich mehr oder weniger hatte zurücklehnen können, da die Anfragen nach der Show in Mailand von ganz alleine eingegangen waren und er sich natürlich am Ende für den lukrativsten und bedeutendsten Auftrag entschieden hatte.

„Als sich die Vertragsunterzeichnung gestern abgezeichnet hatte, habe ich dich angerufen, ich wollte dein OK, aber du hast dich nicht gemeldet. Ich habe dann allein für uns entschieden, ich musste den Vorvertrag vor zwei Stunden unterzeichnen. Du bist hoffentlich einverstanden? Was ist denn los bei dir? Funktioniert dein Telefon in der Einöde nicht?" Mikes zynische Aussage brachte Ella zum Lachen. Sie erzählte ihm kurz, was seit ihrem letzten Telefonat passiert war und dann war es still in der Leitung.

Nach wenigen Sekunden fragte Mike plötzlich ganz leise: „Du bist in diesem Landhaus und während eines Sturmes wurdest du von einer Blumenampel bewusstlos geschlagen und dann war da noch ein Ritter in glänzender Rüstung, der dich gerettet hat? Habe ich das richtig verstanden?" Jetzt, da Mike so ironisch nachfragte, fiel selbst Ella auf, dass diese Geschichte für Außenstehende ziemlich phantastisch klingen musste.

„Ja?", antwortete Ella kleinlaut und erwartete schallendes Lachen von Mike. Doch er fragte dann ganz ruhig nach, ob es ihr wirklich gut ging und dann kam die eigentliche und entscheidende Frage: „Und dieser Aiden? Jetzt erzählst du mir bitte jede einzelne Kleinigkeit zu diesem Mann! Sofort! Den Vertrag besprechen wir später!"

Jetzt begann Ella zu lachen... Als sie ihrem Freund alles, wirklich alles erzählt hatte, hörte sie ihn nur noch seufzen.

„Ach, das hört sich so romantisch an. Dass du so ein kleines Biest bist, wusste ich ja gar nicht! Ich freue mich so für dich. Und! Ich will das auch! Dieser Aiden hat nicht zufällig einen netten Bruder, der auf äußerst modeinteressierte Männer steht?" Ella lachte noch immer. Mike fehlte ihr und es wäre wirklich schön, wenn er jetzt hier wäre. Seine erfrischend direkte Art war nicht Jedermanns Sache, aber sie liebte es.

Nachdem sie noch die wichtigsten geschäftlichen Angelegenheiten besprochen hatten, gab ihr Mike noch zwei Wochen, um wieder in New York zu erscheinen. Bis dahin könne er die nötigen Angelegenheiten allein erledigen, dann brauchte er sie aber, dringend. Ella bedankte sich bei ihm und Mike wünschte ihr noch aufregende Tage. Ella konnte sein süffisantes Grinsen förmlich sehen.

Sie atmete tief durch. Ihr momentaner Erfolg machte ihr fast Angst. Es fehlte ihr in ihrer Branche sicher nicht an Selbstbewusstsein, auch wenn das im Privaten durchaus der Fall war, aber mit einem solch überwältigenden Erfolg hatte sie nicht gerechnet.

Versonnen warf sie wieder einen Blick auf den Briefumschlag. Er schien geöffnet und nachträglich wieder verschlossen worden zu sein. Sollte es sich um eine Art Mahnung der Stadt bezüglich des Hauses oder einer Auflage handeln, die Greg und Millie vielleicht ignoriert hatten? Oder war es um etwas ganz anderes gegangen?

In der Kiste lagen noch so viele einzelne Zettel, es waren Zeichnungen dabei, die teilweise aussahen wie die eines Kindes, Notizen mit Telefonnummern, Briefe…

Einen der Briefe faltete Ella auseinander und überflog die wenigen Zeilen:

„Ich freue mich darauf, euch bald wiederzusehen und ich verspreche, dann auch immer artig zu sein!

Max"

Auf den Brief war noch ein Herz gemalt worden. Max, der diesen Brief offenbar geschrieben hatte, schien höchstens acht Jahre gewesen zu sein. Ella hatte allerdings bei Millie und Greg nie ein anderes Kind gesehen. Sie wusste auch nicht, ob es in Gregs Familie einen Jungen namens Max gegeben hatte, der die beiden besucht hatte.

Diese Fragen beschäftigten Ella so sehr, dass sie beschloss, Rose danach zu fragen. Sie und Millie waren ihr Leben lang miteinander befreundet gewesen, wenn jemand ihre Fragen beantworten konnte, dann Rose.

Es war bereits früher Abend. Nach einer langen Dusche kam Ella die Idee, vielleicht doch heute noch in die Stadt zu fahren. Sie rief vorher July an, um sie zu fragen, ob es bei ihrem vereinbarten Treffen blieb. July sagte natürlich sofort zu. Wenige Minuten später rief sie zurück und sagte, dass sie auch Olivia erreicht hatte. Sie würden das Wochenende zusammen verbringen. Ella lief voller Vorfreude zum Wagen. Sie hatte bereits eine Einkaufsliste für ein lustiges und entspanntes Wochenende mit ihren Freundinnen im Kopf.

Als sie später in der Mall stand, war sie zu Beginn etwas überfordert. In New York gab es natürlich ebenfalls Malls, aber sie kaufte lieber in kleinen Läden ein. Es war einfach übersichtlicher und gemütlicher.

So dauerte es eine ganze Weile, bis sie alles gefunden hatte, was ihr vorgeschwebt hatte, nur ihr Lieblingseis und das ihrer Freundinnen suchte sie noch. Schließlich fragte sie eine Angestellte und tatsächlich gab es die Sorten von früher noch: Peach-Chocolate für July, Peanutbutter-Vanilla für Olivia und Blueberry-Cheesecake für sie. Wie sie dieses Eis als Kind geliebt und jetzt bestimmt seit 10 Jahren nicht mehr gegessen hatte! Es wird wohl nicht ganz bis zum Wochenende reichen, dachte Ella schmunzelnd und begab sich zur Kasse.

Plötzlich bemerkte sie, dass sie beobachtet wurde und sah auf. Ein Mann mit Basecap und Sonnenbrille schaute sie an, bevor er sich schnell umdrehte und die Mall verließ.

Ella starrte ihm hinterher und wurde erst von ihrem Hintermann aus ihrer Lethargie gerissen, der sie bat, ihre Ware weiter auf das Band zu legen.

War das etwa der Mann gewesen, den sie bereits in der Kirche gesehen hatte? Weshalb sollte er ihr sonst so bekannt vorkommen?

Ella versuchte, diesen Mann auf dem Parkplatz ausfindig zu machen, doch es war unmöglich. Es waren einfach zu viele Leute vor der Mall.

Auf dem Rückweg zum Landhaus gingen ihr einige Dinge durch den Kopf, angefangen bei diesem Fremden bis hin zu den Briefen, die sie gefunden hatte. Sie musste unbedingt am nächsten Tag nach Summerville fahren und mit ihren Eltern und Rose sprechen. Rose musste auch etwas von diesem Mann in der Kirche wissen, denn sie hatte ihr gesagt, dass Ella ihn schnell wieder vergessen solle. Hätte sie diesen Mann nicht in der Mall gesehen, hätte sie vermutlich keinen Gedanken mehr an ihn verschwendet. Ella entschied sich dazu, auch Rose am nächsten Tag einfach zu besuchen.

10

Langsam wurde es dunkel und als Ella den Weg zum Haus entlangfuhr, war sie erneut von dem herrlichen Bild beeindruckt, das sich ihr bot. Der See glitzerte und bildete leuchtende Strahlen, die sich in den Bäumen verfingen. Ella war so fasziniert, dass sie nicht bemerkte, wie sie ein wenig vom Weg abkam. Mit einem Ruck blieb ihr Wagen abrupt stehen und sie erschrak. Sie war offenbar mit einem Vorderrad über eine Baumwurzel gefahren. Ella stieg aus und besah sich das Malheur. Ein leises Zischen gab ihr schließlich die Gewissheit, dass der Reifen defekt war und Luft verlor.

„Mist!", fluchte Ella laut vor sich hin. Was sollte sie jetzt tun? Sie konnte versuchen, das Rad zu wechseln oder zumindest irgendwie so bis zum Haus zu kommen. Sie setzte sich wieder in den Wagen und fuhr ein Stück zurück. Mit etwas Geschick klappte das auch. Aber inzwischen war der Vorderreifen vollkommen platt. Es würde nicht funktionieren, noch die letzten Meter zum Haus zu fahren. Doch sie hatte keine Wahl. Als sie langsam anfuhr, klopfte plötzlich jemand an ihre Fensterscheibe. Ella erschrak und der Schreck steckte ihn noch in den Gliedern, bis sie erkannte, wer neben ihr stand.

Der Ritter in glänzender Rüstung, dachte Ella lächelnd, wobei das nicht ganz zutraf. Aiden joggte offensichtlich gerade hier und sah ziemlich verschwitzt aus. Das tat seinem guten Aussehen jedoch überhaupt gar keinen Abbruch.

Ella stieg aus. Sie wusste nicht, wie sie Aiden gegenübertreten sollte, doch ihre Freude, ihn wiederzusehen, konnte sie nicht verbergen. Auch er lächelte. Er sah ihr tief in die Augen und nahm ihre Hand.

„Muss ich dich etwa schon wieder retten?", fragte er, ohne seinen Blick von ihr abzuwenden.

„Es sieht ganz so aus…", antwortete Ella zwinkernd.

Aiden zog sie einfach zu sich heran und küsste sie. Es fühlte sich so vertraut an, obwohl sie sich eigentlich nicht kannten. Sein Kuss weckte sofort die Erinnerung an die letzte Nacht und ihr Verlangen wuchs augenblicklich. Aiden erging es offenbar ebenso und er hatte Mühe, sich wieder von ihr zu lösen. Als er es schließlich schaffte, atmete er tief durch und schüttelte kurz den Kopf, um seine Gedanken wieder zu ordnen.

„Du bringst mich total durcheinander…", sagte er ruhig. „Sagst du mir, was du wieder angestellt hast?"

Ella hob unwissend die Arme und führte ihn dann um den Wagen herum. Aiden rollte mit den Augen. „Diese Stadtmenschen!" meinte er und fing sich damit einen missbilligenden Blick von Ella ein. Er lachte auf und ging zum Kofferraum. Zurück kam er mit einer Spraydose. Ella sah vollkommen planlos abwechselnd zu Aiden, der Spraydose und dem platten Reifen.

Aiden reparierte den Reifen innerhalb weniger Sekunden.

„Du kannst damit noch ein wenig fahren, solltest aber den Reifen dann wechseln lassen", sagte er anschließend.

Ella war beeindruckt.

„Darf ich mich für deine Hilfe revanchieren?", fragte Ella und ging wieder ein Stück auf ihn zu.

„Was schwebt dir denn vor?", entgegnete Aiden sofort.

„Vielleicht ein Abendessen? Natürlich müsstest du mir erst helfen, den Einkauf aus dem Wagen zu räumen…"

Aiden gab ihr einen Kuss auf die Stirn und rannte dann los.

„Wenn du als erste am Haus bist, steht das Angebot", rief er ihr zu.

Ella sprang ins Auto. Sie kam sich vor wie ein Teenager und das gefiel ihr. Als sie wenige Minuten später vor dem Haus stand, war Aiden jedoch nicht da.

Sie schaute sich kurz um und schloss dann die Tür auf. Plötzlich stand er hinter ihr.

„Ich kann dein Angebot doch nicht ablehnen, nur, weil du so langsam bist!", grinste er.

Nachdem sie die Einkaufstüten in die Küche gebracht hatten, wollte sich Aiden verabschieden, um erst einmal zu duschen.

„Du kannst gerne hier duschen, solange ich das Abendessen vorbereite", sagte Ella und war selbst überrascht von ihrer fast verwegenen Art, mit ihm zu reden. Überhaupt schien Aiden ganz neue Seiten an ihr zum Vorschein zu bringen. Von ihrer Schüchternheit, was Beziehungen zu Männern anbelangte, war nichts mehr zu spüren. In seiner Gegenwart fühlte sie sich wie eine andere Frau, die sie selbst unbedingt kennenlernen wollte.

Aiden zögerte zuerst, lächelte aber schließlich. Er ging auf Ella zu, nahm ihren Kopf in beide Hände und sah sie an. Seine Augen wurden immer dunkler, sein Blick eindringlich...er küsste sie fordernd und Ella verstand...

Aiden zog sie mit sich nach oben. Er hörte nicht auf, sie zu küssen. Sie zog an seinem Shirt, er streifte ihre Bluse ab ...beide entledigten sich ihrer Sachen und standen sich nackt gegenüber. Sie hielten kurz inne...nur für einen Moment und ohne den

Augenkontakt zu unterbrechen, bevor sie erneut küssend übereinander herfielen…

Das Wasser lief über ihre erhitzten Körper und sensibilisierte jeden Millimeter ihrer Haut. Ihre Berührungen verschmolzen miteinander…sie ließ ihre Finger über seinen Rücken gleiten, während er ihren Hals küsste. Sie wand sich unter seinen Liebkosungen, überwältigt von den Reaktionen ihres Körpers. Sie hatte längst die Kontrolle verloren, gab ihrer Sehnsucht und seinem Verlangen nach…

Seine hellgrünen Augen durchdrangen ihre mit einem Schatten dunkler Begierde. Langsam nahm er ihre Hände und legte sie behutsam auf seine starken Schultern. Allein sein Blick ließ sie erwartungsvoll erschaudern, doch sie hielt ihm stand…sein durchtrainierter Körper schmiegte sich an sie…ihre Finger fuhren durch seine Haare und für wenige Sekunden genossen sie die fiebrige Anspannung ihrer Erregtheit. Er schloss für einen Moment die Augen und es schien, als ob er nicht glauben konnte, was gerade mit ihm geschah…sie suchte mit ihrer Zungenspitze seine Lippen und er kostete ihre Zärtlichkeit aus…sein Kuss wurde intensiver, sein Atem ging schneller und er erregte sie allein damit ins Unermessliche…plötzlich nahm er sie hoch… sie hielt den Atem an, schloss die Augen und warf den Kopf nach hinten…

Das war ihm Zustimmung genug, ihn in sich aufzunehmen zu wollen…erst vorsichtig, langsam und abwartend…doch als sie ihm ihren elektrisierten Körper immer mehr entgegendrängte, wurden seine Bewegungen schneller…es gab kein Entrinnen mehr…

Sie steuerten unaufhaltsam auf den Gipfel ihrer Lust zu…er sah sie an, ihre Blicke verschwammen unter den warmen Wassertropfen. Sie legten die Stirn aneinander, ihre langen Haare umhüllten sie beide in dicken Strähnen…und ließen ihre Schreie der Erlösung nur in zarten Wellen nach außen gelangen.

Nachdem beide eng umschlungen und ohne ein Wort zu sagen noch einige Zeit auf dem Bett gelegen hatten, knurrten fast gleichzeitig ihre Mägen. Sie sahen sich an und begannen zu lachen. Dann sprangen sie auf, zogen sich dabei gegenseitig das Betttuch weg, bis Aiden schließlich gewann und sie mit dem letzten Zipfel des Tuches an sich zog. Er küsste sie zärtlich und es fühlte sich für Ella ehrlich, tief und vertrauenserweckend an. Ein Gefühl, welches sie so vermisst und nicht daran geglaubt hatte, es noch einmal empfinden zu dürfen. Aiden küsste sie am Hals und entlockte ihr damit erneut ein wohliges Seufzen. Als er mit seiner Zunge ihr Ohr berührte, zuckte sie fast zusammen und er flüsterte leise: „Ich verhungere…"

Sie warf den Kopf zurück und lächelte. Schnell schlüpfte sie ihr Schlafshirt und rannte mit Aiden nach unten. Gemeinsam suchten sie zusammen, was sie kochen wollten. Immer wieder beobachtete Aiden Ella dabei, wie sie routiniert das Gemüse schnitt. Er übernahm das Fleisch, löste es vom Knochen ab und schnitt es in feine Streifen.

„Ich habe gar nicht gewusst, dass du kochen kannst?"

Ella sah ihn fragend an.

„Naja, korrigiere mich, aber ich war der Meinung, dass man in der Modewelt eher sehr wenig isst und wenn, in ein Restaurant geht." Aidens zynische Antwort wurde durch seine hochgezogene Augenbraue unterstützt.

Ella blitze ihn gespielt an.

„Ah, das denkst du also? Meinst du, wir ernähren uns nur von Kaffee, Champagner und der Luft des Erfolges?"

Aiden nickte.

„So ungefähr. Und wenn ich mir dich und so manche Models anschaue, würde ich das auch bestätigt sehen." Er tat gar nicht so, als hätte er sie gerade beleidigt und widmete sich weiter seinem Fleisch…bis er ihren ausgestreckten Finger in seiner Schulter spürte. Er lachte, als er Ella ansah, die sich versuchte vor ihm aufzubauen und erbost zu wirken. Nach ein paar Sekunden ließ Ella ihn wieder los.

„Vielleicht hast du gar nicht so unrecht. Es ist diesbezüglich nicht einfach in diesem Geschäft, wenn man mit der Konkurrenz mithalten möchte. Allerdings betrifft das viel öfter die jungen Mädchen, die ich engagiere und weniger mich."

Als Aiden erneut eine Braue nach oben zog, rollte sie mit den Augen.

„Okay, bei mir ist es vielleicht ein wenig der Stress in den letzten Monaten. Deshalb bin ich umso dankbarer, jetzt hier zu sein und etwas Abstand zu bekommen."

Ella warf das Gemüse in die Pfanne und naschte dabei davon. Mit vollem Mund sprach sie weiter: „Und was ist mit dir? Warum kannst du kochen?" Vielleicht hatte sie sich erhofft, so etwas von seinem Leben zu erfahren.

Aiden drückte ihr einen Kuss auf die Stirn.

„Weil ich sonst verhungern würde", antwortete er knapp und brachte Ella damit erneut zum Lachen.

Die beiden saßen wenig später bei einem Glas Wein und einem köstlichen Essen auf der hinteren Terrasse und beobachteten, wie die Sonne langsam in den Bäumen verschwand.

„Falls ich noch etwas länger bleiben kann, würde ich mich gerne noch etwas um den Garten kümmern." Ellas Aussage klang eher beiläufig, aber ihre Gedanken gingen zurück in ihre Kindheit und den wundervollen Erlebnissen mit Millie. Sie hatte ihr beigebracht, wie man zwischen Wiesenblumen und Unkraut unterscheidet und es entfernt, wann die Zeit reif ist zu sähen und zu pflanzen und schließlich im Spätsommer oder Herbst zu ernten. Millie hatte ihr auch beigebracht, wie man die Bäume beschneidet, damit sie neu erblühen und wieder Früchte tragen können. Obwohl das schon ziemlich lange her war, traute es sich Ella noch immer zu.

„Wenn du möchtest, helfe ich dir gerne dabei. Ich war oft hier und habe Millie im Garten und Haus unterstützt, als sie krank wurde." Aiden schaute in den Wald hinein und schien ebenfalls in Gedanken zu sein.

„Ich würde mich sehr darüber freuen, wenn es deine Zeit zulässt. Woher kanntest du Millie? Seid ihr lange befreundet gewesen?"

Aiden wandte seinen Blick ab. Sie hatte das Gefühl, dass er nicht darüber sprechen wollte, weil ihm ihr Verlust noch sehr nahe ging. Nachdem sie schweigend zu Ende gegessen hatten, sagte er: „Ich kannte sie sehr lange und sie war und ist mir noch immer sehr nahe."

Ein leichtes Lächeln huschte über seine Lippen, als er aufstand, um die Teller abzuräumen.

Konnte es sein, dass er sehr verschlossen war? Ella schaute ihm nach. Vielleicht hatte sie nicht das Recht, mehr über Aiden zu erfahren, aber es machte sie neugierig. Die wenige, aber intensive Zeit mit ihm war für sie eine komplett neue Erfahrung und sie mochte sie nicht zerstören, indem sie ihn nach seinem Leben ausfragte, wenn er selbst das nicht wollte.

Es war spät geworden. Aiden stieß ein letztes Mal mit Ella an und wollte sich verabschieden.

„Denk daran, alle Türen gut zu verschließen und nicht bei Sturm auf die Veranda zu gehen." Er hatte sie umarmt, als er das sagte, und gab ihr damit umso mehr zu verstehen, dass es ihm wichtig war, dass sie auf sich achtgab.

„Ich muss leider sehr früh aufstehen, auch wenn ich gerne noch geblieben wäre. Für morgen haben sich zwei Surfgruppen angemeldet, die mich den ganzen Tag nicht zur Ruhe kommen lassen werden." Er zuckte mit den Schultern.

Ella verstand das natürlich und als er bereits an der Tür war, fragte sie ihn dennoch: „Möchtest du morgen Abend wieder vorbeikommen? Ich habe meine beiden Freundinnen eingeladen und vielleicht wäre es nett, sie kennenzulernen? Okay, July kennst du ja bereits flüchtig…" Kaum hatte sie den Satz ausgesprochen, fiel ihr ein, dass ihre Einladung danach aussehen könnte, als ob sie Aiden ihren Freundinnen als ihre neue Errungenschaft präsentieren wolle. Sie biss sich auf die Lippe und erwartete, dass er einfach ging. Doch er blieb stehen und sah sie an.

„Ich danke dir für die Einladung, aber ist es nicht besser, einen Mädelsabend nur mit deinen Mädels zu verbringen?" Ella sah ihn an. Natürlich hatte er recht. Es würde mit ihm nicht dasselbe sein. Aber insgeheim hatte sie so wohl gehofft, ihm nicht ständig nur rein zufällig zu begegnen, sondern sich mit ihm verabreden zu können.

„Aiden?"

Er kam langsam auf sie zu.

„Wenn dir Tante Millie so nahe gestanden hat, warum warst du nicht auf ihrer Beerdigung?"

Er küsste sie innig und fast hätte sie ihre Scham überwunden, in welches Fettnäpfchen sie vielleicht gerade getreten war. Sie wollte ihn doch nicht ausfragen…

Sein Kuss raubte ihr den Atem und löschte ihre Gedanken. Als er von ihr abließ, um sie zu betrachten, hatte sie Mühe, wieder zu sich zu kommen. Seine Augen hatten wieder diese dunkle Farbe des Verlangens…doch er schien sich dem nicht hingeben zu wollen.

„Vielleicht war ich es, vielleicht war ich dort…", antwortete er und ließ Ella verdutzt zurück.

11

Ella hatte lange nicht mehr so gut geschlafen. Sie war zufrieden und glücklich darüber, sich nur um sich selbst kümmern zu können, den Stress hinter sich zu lassen und etwas Ruhe zu finden. Nach einem ausgiebigen Frühstück nahm sie ihre Tasche und ging zum Auto. Gerade noch rechtszeitig fiel ihr die Kiste mit Millies Briefen ein, die sie nach Summerville mitnehmen wollte. Während ihr Reifen gewechselt wurde, hatte sie sicher ein wenig Zeit, um mit Rose zu plaudern.

Eine gute Stunde später passierte sie bereits das Ortsschild ihrer Heimatstadt. Bevor sie zu Bens Autowerkstatt fuhr, wollte sie noch bei ihrem Vater vorbeischauen. Es war gerade neun Uhr und er sollte sicher wach sein.

Als Ella das Haus betrat, war alles ruhig. Doch im Garten glaubte sie Stimmen zu hören. Sie lief durch die Küche und blieb unvermittelt stehen.

Ihre Eltern saßen laut lachend auf der Veranda und prosteten sich mit einem Glas Orangensaft zu. Ella traute ihren Augen nicht. Was war in den letzten beiden Tagen passiert? Ihr Vater drehte sich um und sah sie.

Schnell winkte er sie zu sich. Ella musste noch immer etwas ungläubig schauen, denn ihre Eltern steckten jetzt die Köpfe zusammen und begannen zu kichern. Die Fragezeichen in Ellas Augen waren wahrscheinlich nicht zu übersehen und so nahm ihre Mutter sie in den Arm.

„Setz dich, mein Schatz, wir möchten dir gerne etwas erzählen", begann Grace schließlich.

„Dein Vater und ich haben uns entschlossen, morgen zu verreisen." Beide schauten Ella an und erwarteten eine Antwort.

„Ah", sagte die nur und wusste nicht so recht, was sie damit anfangen sollte.

„Schau mal, du hast am Tag deiner Abreise nach Bonneau zu mir gesagt, ich wäre am Zug", meinte ihr Vater grinsend, „Und das habe ich gemacht. Ich habe deine Mutter hergebeten und wir haben seit langem über alles geredet, was in den letzten Jahren nicht in Ordnung war. Wir möchten einfach unsere Zeit miteinander verbringen, auch wenn wir das schon viel früher hätten tun sollen. Und so haben wir entschieden, unsere lang geplante Weltreise endlich anzutreten. Niemand weiß, wie viel Zeit uns noch vergönnt ist und das wurde uns nicht zuletzt durch Millies Tod und ihren Brief bewusst."

Ella konnte es noch nicht glauben. Als sie hier angekommen war, musste sie mit dem Umstand klarkommen, dass sich ihre Eltern getrennt hatten und nur ein paar Tage später wollten sie zusammen die Welt bereisen. Unfassbar. Sie hätte kaum glücklicher sein können, denn der Gedanke daran, dass ihre Eltern nicht mehr zueinander finden würden, wäre unerträglich gewesen.

„Wir wollten später noch zu dir rausfahren und es dir erzählen", sagte ihre Mutter. Ihre Stimme klang überschwänglich. „Ja, und dich mit allen Details vertraut machen, falls wir verloren gehen sollten", fügte ihr Vater scherzend hinzu.

„Ich freue mich sehr für euch, auch wenn ich es etwas schade finde, weil ich noch ein paar Tage hier sein werde und Zeit mit euch verbringen wollte."

Ihre Eltern sahen sich an.

„Wir haben vor lauter Übermut gar nicht darüber nachgedacht, bitte entschuldige", sagte Grace. „Wenn du möchtest können wir die Reise auch verschieben?"

Ella lächelte dankbar. „Nein, das möchte ich nicht. Ihr habt es verdient, endlich eurem Traum zu folgen, aber ihr müsst mir versprechen, euch jeden Tag zu melden!" Sie hob mahnend den Zeigefinger, um ihrer Forderung Nachdruck zu verleihen.

Sie redeten kurz noch über ein paar Einzelheiten, über die Ella ziemlich überrascht war. Denn ihre Eltern hatten vor, einfach darauf los zu fliegen und dann zu schauen, wohin der Weg sie führen würde. Dann verabschiedeten sie sich bis zum nächsten Tag, denn auf dem Weg zum Flughafen wollten Grace und Richard noch einmal zum Landhaus hinausfahren.

Ella war bereits am Wagen, als ihr einfiel, dass sie ihren Vater eigentlich nach Tante Millies Kiste und den darin befindlichen Briefen fragen wollte.

Und so ging sie noch einmal zurück.

„Dad, ich habe in Millies Schrank diese Briefe gefunden, kannst du mir sagen, was es damit auf sich hat?"

Richard starrte in die Kiste und schüttelte den Kopf. Als Ella jedoch den Zettel mit den Zeilen des Jungen herausholte, verfinsterte sich sein Blick. Er schaute sich zu Grace um, die ihn verwundert ansah. Auch sie las die Zeilen und atmete tief ein.

„Schatz, ich kann dir nicht sagen, was das für ein Brief ist, aber vielleicht solltest du dir darüber nicht so viele Gedanken machen. Wer weiß, Millie hat sich immer gerne mit Kindern umgeben, vielleicht ist dieser Max eines von ihnen." Damit tat er die Sache ab und wollte Ella noch einmal umarmen. Sie ließ es zu, starrte dabei aber ihre Mutter fragend an. Die senkte den Blick. Dass die beiden etwas irritiert waren, war nicht zu übersehen und das bedeutete, dass sie doch mehr wussten, als sie zugaben. Aber warum war es ein Problem, darüber zu reden? Was hatten sie damit zu tun?

Ella beließ es dennoch zunächst dabei und fuhr in die Werkstatt. Da gerade sehr viel los war, sollte sie den Wagen einfach dalassen. Sie würde später einen Anruf erhalten, wenn sie ihn wieder abholen könnte.

Das bot Ella die Möglichkeit, Rose sofort zu besuchen. Die Gärtnerei befand sich nur eine Straße weiter.

Diesmal musste Ella sie auch nicht lange suchen, denn als sie in die Straße einbog, kam ihr Rose schon entgegen. Sie sah Ella verdutzt an, da sie eine Kiste mit sich herumschleppte, freute sich aber wahnsinnig über ihren Besuch.

„Das trifft sich aber gut, mein Kind. Ich wollte gerade nach Hause gehen. Es ist heute nicht viel zu tun und ich nehme mir einfach mal frei. Hast du Lust auf einen Tee?"

Ella nickte und folgte Rose in ihre Wohnung oberhalb der Gärtnerei.

Beim Betreten des Wohnzimmers wurde Ella sofort in die Zeit der 60 er Jahre zurückversetzt. Es schien sich seit damals nichts verändert zu haben. Als Kind war sie ein paar Mal mit Millie hier gewesen. Es war urgemütlich, sehr klein, aber wirklich himmlisch.

„Setz dich ruhig, ich hoffe, du hast ein wenig Zeit?", rief Rose aus der Küchennische.

„Ja, danke. Ich habe etwas Zeit und würde gerne mit dir über etwas reden."

„Aber gerne", antwortete Rose, als sie mit den Tassen und Gebäck zurückkkam. „Was hast du denn auf dem Herzen, Kleines?"

Ella nahm zuerst einen Schluck Tee und zeigte dann auf die Kiste.

„Ich hatte mich schon gefragt, warum du sie mit dir herumschleppst. Was hat es denn damit auf sich?" Rose schaute sich die Kiste genauer an. „Es ist Millies Kiste, stimmts?"

Ella bejahte ihre Frage. „Es war ein Zufall, dass sie mir in die Hände gefallen ist. Ich wollte eigentlich nur die Handtücher aus dem Schrank nehmen und habe sie dabei bemerkt." Sie versuchte sich zu rechtfertigen, denn sie wusste überhaupt nicht, wie Rose darauf reagieren würde.

Rose aber lächelte versonnen. „Es war doch nur eine Frage der Zeit, wann du sie finden würdest, wenn du in dem Haus wohnst."

Wortlos zog Ella Max´ Brief heraus und auch den noch verschlossenen der Stadt Bonneau. Rose las und schmunzelte, aber dann wurde ihr Blick trüb.

„Ich denke, ich sollte dir vielleicht etwas über Millie erzählen, über uns alle, mich, deine Familie und diesen Jungen...

Millie und ich lernten uns in Charleston kennen. Wir studierten beide am dortigen College und trafen uns auf einer dieser Verbindungsfeiern der Schwesternschaften, wie es sie auch heute noch dort gibt. Millie war bereits im letzten Semester und ich hatte gerade erst begonnen. Sie stand auf der Veranda und starrte in den Himmel. Ich stellte mich einfach zu ihr und hoffte, dass sie mit mir reden würde und mich nicht als Neuling betrachten würde. Zu meiner Zeit war es noch sehr schwierig, als Dunkelhäutige überhaupt zugelassen zu werden, aber ich hatte es geschafft. Und nicht nur ich. In meinem Studiengang gab es einige und wir waren sehr stolz darauf. Nur blieb ich dennoch nicht von den misstrauischen Blicken mancher weißer Studenten verschont. Ich stand also neben Millie und irgendwann bemerkte sie mich. Sie schien in Gedanken gewesen zu sein, aber als sie mich sah, lächelte sie sofort und sprach mich an. Daraus wurde ein wirklich langes Gespräch und am Ende des Abends gingen wir gemeinsam zu unseren Unterkünften. Ich hatte mich lange nicht mehr so gut unterhalten und die Tatsache, dass Millie offenbar absolut keinen Unterschied in unserer Hausfarbe und dem Altersunterschied sah, machte mich wirklich glücklich. Wir wurden Freundinnen und verbrachten viel Zeit miteinander. Eines Abends wollte ich sie abholen, um einen Shake trinken zu gehen, und fand sie weinend in ihrem Zimmer. Ich war so bestürzt, da ich sie noch nie so gesehen hatte und als sie sich ein wenig beruhigt hatte, sagte sie: „Du solltest dich besser von mir fernhalten.

Es ist besser für dich. " Ich konnte mit dieser Aussage nichts anfangen, wusste nicht, was sie meinen könnte und warum sie mich plötzlich nicht mehr sehen wollte. Aber an ihrer Mimik und der Art, wie sie es gesagt hatte, war zu erkennen, dass sie das eigentlich nicht wollte. Ich habe mich an diesem Abend nicht wegschicken lassen und es wurde der schönste und gleichzeitig schlimmste Abend meines Lebens. Millie vertraute mir ein Geheimnis an, welches sie seit Jahren in sich trug...

In ihrem ersten Jahr am College lernte sie Ted Turner kennen. Er war ein attraktiver junger Mann, dem die Mädchen scharenweise hinterherliefen. Nicht so Millie und genau deshalb hatte Ted wohl ein Auge auf sie geworfen. Er machte ihr Avancen, lud sie ein, stand jeden Tag nach dem Unterricht mit seiner zerbeulten Corvette auf dem Parkplatz und wartete auf sie. Am Anfang störte Millie das nicht, aber mit der Zeit war sie der Meinung, mit Ted reden, und ihm unmissverständlich klarmachen zu müssen, dass sie kein Interesse an ihm hatte. So traf sie sich eines Tages doch mit ihm. Die Unterhaltung lief zu Beginn ganz gut und Millie hörte ihm auch gerne dabei zu, wie er mit seinen sportlichen Erfolgen prahlte, aber als das Eis gegessen und der Saft ausgetrunken war und Ted sie um ein weiteres Date bat, sagte sie ihm, dass sie gerne befreundet sein könnten, sie aber an einer Beziehung nicht interessiert war. Millie beschrieb damals genau seine Reaktion. Erst hatte er begonnen zu lachen und *meinte, dass sie sich wohl irren müsste, da schließlich jedes Mädchen gerne mit ihm zusammen wäre, aber dann wurde er still. Seine Miene verzog sich zu einem frechen Grinsen und er fragte, ob er Millie dann wenigsten noch nach Hause bringen könne. Zunächst verneinte sie, aber da Ted darauf bestand, sich als Gentleman von ihr zu verabschieden, willigte sie schließlich ein. Sie wohnte nicht weit von der Eisbar, in der sie sich getroffen hatten, ein weiter Weg mit verlegenem Schweigen würde es nicht werden. Ihre Zustimmung war jedoch ein Fehler gewesen.*

Es wurde langsam dunkel und als Ted in ihre Straße einbiegen wollte, in der sie ihr Zimmer gemietet hatte, blieb er plötzlich stehen. Er schaute zu Millie hinüber, gab Gas und fuhr in die andere Richtung davon. Millie verstand nicht, sie bat ihn immer wieder umzukehren, aber Ted reagierte überhaupt nicht. Schließlich fuhr er viel zu schnell in einen Waldweg hinein, der zu einer verlassenen Farm führte. Er trat so stark auf die Bremse, sodass Millie mit dem Kopf auf die Armatur prallte. Plötzlich stand Ted neben ihr und zog sie an den Haaren aus dem Wagen. Er schleifte sie in die Scheune, riss ihr das Kleid herunter und drückte sie gegen einen alten Balken. Er sah ihr tief in die Augen, sein gemeines Grinsen auf den Lippen und hielt seine Hand fest um ihren Hals. Millie bekam kaum noch Luft, der Gestank in dieser Scheune, der Mangel an Sauerstoff und der elende Gestank dieses Kerls ließen ihre Sinne langsam schwinden. Er schrie sie an: „Du

136

willst also nichts von mir wissen? Das hättest du dir vielleicht noch einmal überlegen sollen!" Er nestelte mit der anderen Hand an seiner Hose und wenige Augenblicke später spürte Millie seine Männlichkeit schmerzhaft in ihrem Körper. Sie schrie auf, versuchte sich zu wehren, doch dadurch wurde es noch viel schlimmer. Sein Lachen wurde immer lauter, hässlicher...er löste den Griff um ihren Hals etwas und spuckte ihr ins Gesicht: „Nicht ohnmächtig werden, du kleines Miststück, du möchtest dich doch sicher ewig an deinen ersten richtigen Mann erinnern!" Ihre unbeschreiblichen Schmerzen ließen seine Worte und seine Stimme in weite Ferne rücken...ihr geschundener Körper sackte in sich zusammen. Als Ted seine Tat beendet hatte, warf er sie zu Boden und ließ sie blutüberströmt und bewusstlos zurück.

Stunden später, mitten in der Nacht, kam sie bei dem Haus an, in dem sie wohnte. Ihre Vermieter, ein sehr freundliches älteres Paar, fanden sie schließlich auf der Treppe und trugen sie hinein. Es vergingen zwei Tage, bis sie darüber sprechen konnte, was passiert war. Sie wurde ins Krankenhaus gebracht. Ted Turner wurde vorläufig festgenommen, jedoch am nächsten Tag aus „Mangel an Beweisen" wieder freigelassen. Später erfuhr Millie, dass sein Onkel der stellvertretende Polizeichef war. Doch das sollte nicht die schlimmste Nachricht gewesen sein. Nach einigen Untersuchungen teilten die Ärzte Millie mit, dass sie mit hoher

Wahrscheinlichkeit keine Kinder bekommen könne. Sie war damals gerade einmal 20 Jahre alt.

Ted Turner wurde aufgrund seiner zweifelhaften Freilassung zumindest der Schule verwiesen und verließ die Stadt.

Millie hatte fast vier Jahre gebraucht, um einigermaßen mit dieser Situation fertig zu werden und an dem Tag, an dem wir verabredet gewesen waren, war Ted in die Stadt zurückgekehrt. Sie hatte Angst, Angst um sich selbst und Angst um mich. Sie wollte nicht, dass ich in diese Sache mit hineingezogen wurde oder mir womöglich das gleiche geschieht, weil ich mit Millie befreundet war. Ihre Art, mich beschützen zu wollen, mich, eine kleine afroamerikanische Frau aus New Orleans... das hatte mich vollkommen davon überzeugt, was für eine wunderbare Frau sie war. Am Ende unseres Gespräches waren wir uns einig, diesem Ted, wenn es dazu käme, gemeinsam gegenüberzutreten. Unser Kampfeswille und Mut tröstete Millie und auch mich über die unsäglichen Schmerzen hinweg, die ihr dieser Mann zugefügt hatte.

Nur einige Tage später, Millie war gerade von ihrer ersten Zwischenprüfung zurück, trafen wir tatsächlich auf ihn. Er lief auf der anderen Straßenseite und hatte eine junge Frau im Arm. Millie hatte ihn bereits gesehen und wurde still. Stur lief sie neben mir her. Ihre Anspannung war spürbar. Wir wären einfach weitergegangen, aber die Stimme von der anderen Straßenseite ließ uns beide innehalten.

„Hey!", rief er. „Millie Baker? Du bist es doch!"

Ted Turner hatte seine Freundin losgelassen und schickte sich an, die Straße zu überqueren. Wir wussten nicht, was wir tun sollten, also blieben wir einfach stehen und dieser Mann baute sich vor uns auf.

„Wie ich sehe, hast du jetzt eine kleine schwarze Freundin? Soll sie etwa die bösen Männer verjagen, von denen du so gerne in deinen Lügengeschichten erzählst? Wegen dir musste ich die Stadt verlassen und musste meine sportliche Karriere beenden, du Schlampe! Du bist mir so einiges schuldig!"

Millie antwortete nicht. Aber ich tat es. Ich trat einen Schritt auf ihn zu. Das Adrenalin schoss durch meinen Körper und ich war mir sicher, dass ich diesen Kerl sofort auseinandernehmen könnte, wenn ich es wollte.

„Ich denke nicht, dass sie dir etwas schuldet und solltest du, nach allem, was du getan hast, die Frechheit besitzen, sie auch nur noch ein einziges Mal anzusprechen, wirst du diesmal nicht so einfach davonkommen!"

Ted lachte höhnisch und sagte:"Uh, jetzt habe ich aber Angst! Du kleines Niggermädchen glaubst doch wohl nicht, dass ich dich ernst nehme! Was willst du machen? All deine Freunde aus der Gosse holen, damit sie mich verprügeln?"

„Vielleicht?", antwortete ich frech und daraufhin verstummte sein Lachen. Seine Augen formten sich zu Schlitzen. „Vielleicht? Vielleicht sollte ich aber auch dir dein dreckiges Maul stopfen!" Seine Unsicherheit und Zweifel waren im deutlich anzusehen.

Wie auf Kommando schauten wir Frauen uns an und gingen einfach um ihn herum weiter unseres Wege. Wir hatten nichts mehr zu sagen, das ungebetene Gespräch war beendet. Er blieb verwirrt zurück und war wenig später zurück bei seiner Freundin.

Es vergingen einige Minuten, bis wir stehenblieben, uns ansahen und in die Arme fielen. „Ich danke dir!" flüsterte Millie.

*

Im Laufe der Jahre hatte Millie mir immer wieder gesagt, wie unglaublich stark ich wäre und hatte diese Begegnung mit Ted Turner dafür zugrunde gelegt. Meine Kleine, du kannst nicht wissen, wie schwierig es zu unserer Jungendzeit gewesen ist miteinander befreundet zu sein. Und dass sich ein dunkelhäutiges Mädchen vor eine weiße Freundin stellt und sie vor so einem Mann zu schützen versucht, war schon ziemlich *ungewöhnlich. Aber wenn ich ehrlich bin, nicht für mich. Es war meinerseits eine Selbstverständlichkeit, für sie einzustehen und ich habe auch nie wirklich verstanden, warum Millie das so gesehen hat. Ich hielt schon immer sie für die Stärkere von uns beiden, was die kommenden Jahre auch beweisen sollten.*

Vielleicht sollte ich noch erwähnen, dass sich mir dieser Ted nie wieder genähert hat, nicht in der Zeit, in der ich nach Millies Abschluss allein auf dem College war. Später, als Millie und ich bereits in Summerville lebten, kam es erneut zu einer Begegnung mit ihm. Wir waren auf dem Flowertown Festival. Millie mit Greg und ich mit meinem geliebten Mann Jason. Gott habe ihn selig. Ted Turner war in Begleitung einer älteren Dame, die, wie sich später herausstellte, seine Frau und die Mutter seiner vier Kinder war. Er sah uns, erkannte uns offensichtlich und blieb stehen. Sein Blick war kaum zu deuten. Es war eine Mischung aus Hass und Selbstmitleid. Er war fett geworden, hatte Augenringe, die fast sein gesamtes Gesicht einnahmen und er bemühte sich, trotz seiner Erscheinung bösartig zu wirken. Ein vergeblicher Versuch, denn wenige Minuten später wurde er von seiner Frau angeherrscht, sich um die Kinder zu kümmern, die gerade dabei waren, in alle Himmelsrichtungen zu verschwinden. Noch einige Sekunden blieb er stehen. Es hatte den Anschein, als ob er mit seiner Situation haderte, sich die Jugendzeit zurückwünschte und vielleicht alles, was passiert war, ungeschehen machen wollte. Aber sein

Schicksal schien besiegelt. Für mich sah es so aus, als hätte er genau das bekommen, was er verdient hatte. Millie war diese wenigen Augenblicke starr neben Greg stehen geblieben und obwohl er wusste, was ihr widerfahren war, wusste er nicht, dass es der Mann gewesen war, der Millie und auch ihm so viel Leid zugefügt hatte.

Ungefähr ein Jahr später war ich mit meinem ersten Sohn schwanger. Millie war mindestens genauso aufgeregt wie ich und kümmerte sich liebevoll um mich und später um unser Baby. Sie liebte Kinder, verbrachte jede freie Minute bei uns und auch als unsere Tochter geboren wurde, unterstützte sie mich. Greg und sie nahmen uns die Kinder ab, wenn wir es wegen der Arbeit nicht schafften, uns um sie zu kümmern, sie waren immer da, wenn wir ihre Hilfe brauchten, aber ich sah auch jedes Mal, wenn Millie sich verabschiedete, den Schmerz in ihren Augen. Die Diagnose des Arztes vor vielen Jahren hatte sich offenbar bewahrheitet, Millie konnte nach der Vergewaltigung durch Ted Turner keine eigenen Kinder mehr bekommen.

Rose machte eine Pause. Die Erinnerung an die Vergangenheit schien ihr schwer zu schaffen zu machen. Sie entschuldigte sich und verließ das Zimmer. Ella blieb mit ihren Gedanken allein. Sie hatte zwar gewusst, dass Tante Millie nie eigene Kinder hatte, aber den Grund hatte sie bisher nicht gekannt. Sie mochte sich kaum vorstellen, welches Leid ihre Großtante hatte ertragen müssen. Und umso bemerkenswerter erschien es ihr, dass sie nicht daran zugrunde ging, sondern dass dieses Schicksal sie zu einer so wunderbaren, fürsorglichen und lebenslustigen, starken Frau gemacht hatte. Jetzt ahnte Ella, was Rose damit gemeint hatte, dass Millie wohl die Stärkere von ihnen gewesen sei.

Rose kam wenige Minuten später zurück und entschuldigte sich. „Es tut mir sehr leid, meine liebe Ella. Ich vermisse Millie so sehr und wenn ich dir von ihr erzähle, ist es umso schlimmer für mich, sie nicht mehr bei mir zu haben. Verzeih mir.“

Ella war den Tränen nahe. Eine solch intensive Freundschaft über so viele Jahre, wie die von Rose und Millie, war bewundernswert. Und sie trauerte nicht nur um diese Freundschaft, sondern auch um ihretwillen.

Die Tränen der Frauen waren kaum getrocknet, als Rose Ellas Hand nahm und sie lächelnd ansah.

„Ich habe in meinem langen Leben nie einen Menschen wie Millie kennengelernt. Ich weiß nicht, wie ich Gott je dafür danken kann, sie getroffen zu haben. Aber falls du jetzt denkst, es gab nie Meinungsverschiedenheiten zwischen uns, irrst du dich…

Ich habe meinen Mann verloren, als ich 61 Jahre alt war. Wir hatten ein erfülltes Leben, unsere Kinder waren gut erzogen und wenn ich das so sagen darf, durch Millies Einfluss auch ein wenig verwöhnt. Greg und sie hatten sich vor nunmehr 45 Jahren dieses wunderschöne Anwesen am Lake Moultrie geschaffen und unsere Kinder Jason Junior und Agnes waren ständig bei ihnen. Sie haben es geliebt, Millie und Greg haben es geliebt, sie um sich zu haben und manche Dinge, die sie dort erlebten, konnten wir ihnen natürlich nicht bieten. Doch unsere Kinder waren nicht ihre eigenen Kinder. Und so stellte uns Millie eines Tages einen eingeschüchterten Jungen namens Max vor. Er lebte in einem Waisenhaus nahe Bonneau. Er war gerade acht Jahre alt. Ein hübscher Junge, kräftig, sehr wissbegierig. Aber seine Seele schien verletzt. Er war es nicht gewohnt, sich anderen anzupassen, war nicht in der Lage, sich unterzuordnen und sobald ihm etwas gegen seine Natur ging, wurde er aggressiv. Millie bemühte sich inständig, sein Verhalten zu entschuldigen. Er war wie ein kleiner, roher Diamant, den es galt zu formen und zu beweisen, dass er geliebt wurde. Max wurde von einer drogensüchtigen Mutter auf die Welt gebracht. Sein Leben hatte mit Entzugserscheinungen, Schreikrämpfen, Schmerzen und der Sehnsucht nach Erlösung von seinem Leid begonnen. Er trank nicht, aß später nicht, übergab sich, als er mit drei Jahren ins Waisenhaus gebracht wurde. Erst später stabilisierte sich sein körperlicher Zustand. Er wurde nach und nach kräftiger und lernte, seinen Kopf durchzusetzen. Max' hübsches Gesicht verzauberte jeden, viele adoptionswillige Paare, die Betreuerinnen und Betreuer. Aber die meisten erkannten nach wenigen Stunden mit ihm, dass es ein schwieriger Weg war, mit dem kleinen Kerl klarzukommen. Er galt als nicht vermittelbar, als Millie auf ihn aufmerksam wurde. Ich glaube, gerade wegen seiner Schwächen wollte Millie ihn kennenlernen. Greg und sie hatten sich entschieden, ein Kind zu adoptieren. Der Entschluss stand fest. Und schnell stand auch für Millie fest, dass es Max sein sollte. Greg war zu Beginn, genau wie sie, Feuer und Flamme. Doch schon nach ein paar Tagen im Landhaus der Huntingtons entpuppte sich Max als unbelehrbar, nicht erziehbar und absolut uneinsichtig. Und nachdem Max am dritten Abend mit einem Messer und einem Blick, der absolute Entschlossenheit prophezeite, vor Greg stand, war für diesen klar, dass Max nicht das Kind sein würde, welches er und seine Millie adoptieren würden.

Es war eine unerträgliche Situation für die beiden. Millie hatte versucht, Greg zu beruhigen. Es sei nur ein Ausrutscher gewesen und Max würde sicher verstehen, dass er geliebt werden würde und seine Aggressivität in den Griff bekommen. Aber Greg blieb hart. Er hatte Angst. Angst vor einem Jungen, der traumatisiert war und Hilfe brauchte, Angst um Millie, wenn er nicht zu Hause war, um sie zu beschützen, Angst um ihr gemeinsames Glück. In Millies Gegenwart war Max allerdings ganz anders. Von Beginn ihres ersten Treffens an war sie seine Bezugsperson. In ihrer Nähe war er der Junge, den man sich wünschte, der Junge, der er auch selbst sein wollte. Max kämpfte gegen seine Dämonen und mit ihrer Hilfe schaffte er es, sie zumindest im Zaum zu halten.

Rose seufzte. „Ella, ich kann dir gar nicht sagen, wie schwer es war, die drei miteinander zu sehen. Selbst meine Kinder hatten Angst vor Max, obwohl sie um einiges älter waren. Greg hielt Abstand zu ihm und Millie umsorgte ihn wie einen Engel, der er verdienst hatte. Und das tat sie mit einer unglaublichen Geduld und einem Verständnis, welches für uns alle nicht nachvollziehbar war. Wenn ich mich recht erinnere, hattest du auch eine Begegnung mit Max?"

Ella war verblüfft. Etwas überrumpelt antwortete sie: „Ich kann mich nicht entsinnen. Was meinst du, Rose?"

„Ich kann nicht mehr genau sagen, wann das war, aber Millie brachte aufgrund ihrer Schwierigkeiten mit dem

Amt eines Tages Max zu deinen Eltern nach Hause. Es war ein Versuch, Max in einer Familie mit Kind zu integrieren. Er hatte damals dein Spielsachen zerstört und sich auch sonst nicht gerade ordentlich benommen", entgegnete Rose.

Ella überlegte. So, wie Rose das beschrieb, musste das die Streitsituation ihrer Eltern gewesen sein, an die sie sich erinnern konnte. Dieser Junge, Max offenbar, war zu Besuch bei ihnen gewesen und als er ihren Puppen den Kopf abgerissen hatte und darauf herumgetrampelt war, hatte ihr Vater nur immer wieder NEIN! geschrien. Mehr wusste Ella nicht mehr. Sie erzählte Rose davon und sie nickte nur.

„Genau", sagte sie.

„Aber du sagtest, es gab Probleme mit dem Amt? Was meinst du damit?", fragte Ella nach.

Rose nahm einen Schluck Tee und setzte sich zurück.

Millie hatte versucht, trotz der Einwände von Greg, Max zu adoptieren. Zu Beginn sah es auch ganz gut aus. Das Jugendamt war froh, jemanden für ihn gefunden zu haben, aber dann wurde Greg krank. Millie musste dem Jugendamt gegenüber beweisen, dass sie sich nicht nur allein um Max kümmern würde, sondern Unterstützung von ihrem Ehemann hatte. Doch das konnte sie nicht. Greg war innerhalb kürzester Zeit nicht mehr in der Lage, sich um das Haus und sich selbst zu kümmern. In den letzten Monaten saß er nur noch auf dem Schaukelstuhl auf der Veranda. So war es Millie unmöglich geworden, Max zu behalten. Greg starb wenige Wochen später. Es war unerträglich, Millie so zu sehen. Sie hatte alles verloren, was sie sich je gewünscht hatte. Die Liebe ihres Lebens war gegangen und die Liebe zu diesem Jungen durfte nicht sein. Ich war in dieser Zeit jeden Tag bei ihr, aber selbst ich vermochte es nicht, sie zu ermutigen weiterzumachen. Es brach mir das Herz, sie so zu sehen. All unsere Gespräche drehten sich um Greg und Max. Und schließlich traf sie eine Entscheidung. Da sie selbst nach Lage des Gesetzes als Alleinerziehende nicht mehr in der Lage war, Max zu adoptieren, bat sie ihren Neffen Richard, deinen Vater, es mit dem Jungen zu versuchen. Deine Eltern waren einverstanden, obwohl sie starke Bedenken hatten, sich aber seit langem ein zweites Kind wünschten. Doch wie das gemeinsame Treffen ausging, weißt du ja.

Richard und Grace lehnten es ab, Max noch eine Chance zu geben und so musste er zurück ins Waisenhaus. Millie versuchte alles, um ihn zurückzubekommen. Er war ihr einziger Lichtblick in der dunklen Zeit nach Gregs Tod, aber es war vergebens. Es gab nur eine Möglichkeit und diese nutzte sie. Millie ging ohne das Wissen ihrer Familie vor Gericht und erwirkte die Pflegschaft für Max. Sie liebte diesen Jungen, obwohl es sehr schwierig war, ihn zu bändigen, seinen Charakter zu verstehen und auf ihn einzugehen. Aber Millie schaffte es. Sie hatte eine ungewöhnliche Bindung zu Max und sie sah in ihm einen wunderbaren Menschen, dem es lediglich an Verständnis und Zuneigung mangelte.

Max wohnte bis zu seinem 18. Lebensjahr weitestgehend bei Millie. Doch es gab eine Vereinbarung, der sie nachkommen musste. Die Fürsorgepflicht lag noch immer in der Hand des Waisenhauses, bis Max alt genug war, selbst zu entscheiden. Das bedeutete auch, dass er immer dann, wenn Millie Besuch bekam, in einer Unterkunft für Heranwachsende, die dem Waisenhaus angehörte, übernachten musste. Er hasste es und auch Millie hasste es, aber sie konnte und wollte ihre Familie nicht vor den Kopf stoßen, da sie eine Entscheidung ohne ihre Zustimmung getroffen hatte.

An seinem Geburtstag überraschte er Millie. Sie hatte eine kleine Party vorbereitet, mit wenigen Freunden, die er hatte und freute sich riesig auf seine Reaktion. Doch seine Überraschung für Millie war noch viel größer. Als er sie später am Abend, als die Gäste bereits gegangen waren, bat, einer Namensänderung zuzustimmen und er damit auch ihren Namen annehmen wollte, war Millie absolut überwältigt. Nach all den Jahren, die sie ihn als ihren Sohn angesehen hatte, wollte auch Max von Amts wegen zu ihr gehören. Am gleichen Abend rief sie mich an und erzählte mir davon. Ich habe sie nie so vor Freude weinen hören, ich verstand sie kaum, doch ich habe sie auch seit ihrem ersten Treffen mit Greg nie wieder so lebensfroh erlebt. Ich muss zugeben, dieser junge Mann hat meine beste Freundin nach ihrer schwersten Zeit wieder zu einer glücklichen Frau gemacht. Es war eine Freude, die beiden zusammen zu erleben und alles, was ihr jemals zugestoßen war, hatte dieser Junge wieder gutgemacht. Und noch mehr. Sie hatte wieder Hoffnung und den Willen, das Leben so zu genießen, wie es war.

Es war eine Freude, sie so zu erleben. Als er später auszog, um sein eigenes Leben zu beginnen, war es anfangs schwer für Millie. Sie wollte ihn nicht gehen lassen, aber das konnte ich nachvollziehen. Auch ich hatte Schwierigkeiten, meine Kinder in die Welt hinausgehen zu lassen, aber das müssen wohl alle Eltern überstehen.

Dennoch war er noch jedes Wochenende bei ihr, unterstützte sie mit dem Haus. Er war in der Nähe geblieben, um bei ihr zu sein, als sich ihr Gesundheitszustand langsam verschlechterte. Du musst wissen, Millie hat über 25 Jahre gegen ihre Krankheit angekämpft. Kaum jemand wusste, dass sie die Diagnose schon sehr früh bekommen hatte, sich aber mit aller Kraft dagegen wehrte, sie zu akzeptieren und gewinnen zu lassen. Die beiden waren ein absolut traumhaftes Team...bis zu diesem Tag, an dem alles anders werden sollte...

Rose stand auf. Sie kämpfte mit den Tränen. Ella wusste nicht, was sie tun sollte. Was war passiert? Sie wollte Rose nachgehen, doch sie wehrte ab. Offenbar brauchte sie ein paar Minuten Zeit für sich.

Kaum hatte sie den Raum verlassen, klingelte Ellas Handy. Die Werkstatt informierte sie darüber, dass ihr Wagen fertig sei und bat sie, ihn innerhalb der nächsten 30 Minuten abzuholen, weil sie dann für zwei Stunden schließen würden.

Ella trank von ihrem Tee. Die Dinge, die Rose ihr erzählt hatte, schwirrten ihr im Kopf herum. Es war unglaublich, was Millie durchgemacht hatte und welch eine starke Frau sie gewesen war. Ella schnürte es die Kehle zu. Sie selbst hatte sie als wunderbare und liebevolle Frau kennengelernt, doch von ihrer Vergangenheit hatte sie so gut wie nichts gewusst. Ella hatte gehofft, Antworten von Rose zu bekommen, aber nach ihren bisherigen Erzählungen taten sich nur noch mehr Fragen auf. Als Rose das Zimmer wieder betrat, hielt sie einen Zeitungsartikel in der Hand. Ihre Augen waren noch immer gerötet. Die Frauen standen sich gegenüber, unfähig etwas zu sagen, bis Rose Ella bat, sich wieder hinzusetzen. Wortlos übergab sie Ella den Artikel. Diese überflog die Überschrift: Nach wochenlangen Ermittlungen Mann aus Bonneau wegen Mordes an seiner Ehefrau verhaftet!

Ella sah Rose bestürzt an. Was wollte sie ihr damit sagen?

Rose senkte den Kopf.

„Er geht um ihn, er war es…", sagte sie nur.

Erneut klingelte Ellas Handy. Stoisch ging sie ran.

„Miss Baker, bitte holen Sie Ihren Wagen ab."

„Ja, entschuldigen Sie. Ich bin gleich bei Ihnen", antwortete Ella kurz und legte auf.

Sie wusste nicht, was sie sagen oder tun sollte. Der Schock saß ihr noch in den Gliedern.

„Vielleicht solltest du erst einmal gehen. Wir können auch später weiterreden, wenn du möchtest. Ich hoffe nur, ich habe dir jetzt nicht den Abend verdorben", sagte Rose ruhig. Sie schien sich wieder gefangen zu haben. Ella ging es da anders.

„Wie lange ist das jetzt her?", fragte sie und las noch einmal die Überschrift des Artikels. „Fünf Jahre?", beantwortete sie ihre Frage selbst.

Rose nickte.

„Rose, ich bin noch eine Weile hier. Heute Abend besuchen mich July und Olivia über das Wochenende. Vielleicht wäre es schön, wenn du auch dazukommen könntest? Ich würde mich sehr freuen."

Rose lächelte. „Es ist schön, dass ihr ein paar Tage miteinander verbringen wollt. Dabei störe ich aber sicher nur."

„Nein, das tust du nicht, wirklich. Es wäre schön, dich bei uns zu haben", antwortete Ella.

„Na, mal schauen", entgegnete Rose und nahm Ella in den Arm. „Jetzt geh mal los, sonst musst du noch zum Lake Moultrie laufen", zwinkerte sie. „Und bitte versprich mir, dass du dir wegen unseres Gespräches nicht so viele Gedanken machst und deine Zeit mit den Mädchen genießt!"

Das war leichter gesagt als getan. Dennoch versprach es Ella und machte sich mit ihrer Kiste auf den Weg.

12

Es war ziemlich knapp geworden und das düstere Gesicht des Werkstattbesitzers machte es Ella nicht gerade leichter. Sie entschuldigte sich mehrmals für ihr verspätetes Erscheinen und beglich ihre Rechnung. Ein kurzer Blick auf die Uhr verriet ihr, dass sie sich beeilen musste, rechtzeitig vor Ankunft ihrer Freundinnen zurück im Landhaus zu sein. Schließlich hatte sie auch noch eine Menge vorzubereiten. Die Vorfreude auf das Wochenende ließ Ella die Gedanken an Millie und Max verdrängen…

Als sie später am Landhaus ankam, wurde sie bereits von ihren Freundinnen empfangen. Und obwohl sie noch kurz in der Mall gehalten hatte, um etwas nachzukaufen, war sie nicht zu spät gewesen, sondern die beiden Frauen zu früh. Ella freute sich riesig, sie zu sehen und natürlich öffneten sie bereits die erste Flasche Wein, bevor sie überhaupt das Haus betraten.

Sie hatten sich so viel zu erzählen, dass sie fast vergaßen, sich etwas zum Essen zu kochen, bis July, natürlich war es July, bemerkte, nach drei Stunden und zwei Flaschen Wein vielleicht einmal etwas Nahrung zu sich zu nehmen. Olivia und Ella hielten sich vor Lachen den Bauch. Es war wirklich wie früher.

Aiden sah die Frauen unter lautem Gelächter im Haus verschwinden...

Die Frauen hatten sich etwas Leckeres gezaubert. Olivia hatte ein paar Burger mitgebracht, die sie zusammen zubereiteten und July mehrere Salate, von denen einer besser war als der andere. Mit all diesen Köstlichkeiten hätten sie noch einige Gäste mehr satt bekommen. Auch während des Essens hörten sie nicht auf, über alte Zeiten zu reden und sich über ihre gemeinsame Zeit in der Schule lustig zu machen.

„Wisst ihr noch", fragte July, „als wir unsere Phase hatten, nur mit schwarzen Klamotten und geschminkt wie Gruftis in der Schule aufzutauchen?" Ella prustete laut los. „Oh ja!"

„Jeden Tag vor dem Unterricht haben wir uns bei uns im Garten getroffen, uns umgezogen und gegenseitig den Eyliner dick über die Augen gezogen. Anschließend sind wir wie eine gefürchtete Gang auf den Schulhof gelaufen und alle haben uns angestarrt", fügte Olivia hinzu.

„Ich weiß nicht, aber ich hatte immer das Gefühl, als wären wir wie in Zeitlupe an den anderen vorbeigelaufen und sie hätten uns bewundert", lachte Ella.

„Wohl eher ausgelacht und für komplett verrückt gehalten", warf July ein und löste damit erneut einen Lachanfall bei den Freundinnen aus.

„Wie alt waren wir? 15?", fragte Olivia nach. Die beiden anderen nickten.

„Naja, diese Phase war ja ziemlich schnell vorüber und ich bin heilfroh, dass wir zu unserer geplanten Haarfärbeaktion nicht mehr gekommen sind", zwinkerte Olivia.

„Ach herrje, stimmt. Das hatte ich fast vergessen. Wir hatten es ja immer gut hinbekommen, uns von unseren Eltern nicht so sehen zu lassen, aber als wir dann von Miss Denver auf der Toilette erwischt wurden, als wir diese schwarze Masse anrührten und dabei waren, Olivias Haare einzukleistern, war es dann endgültig vorbei mit unserer Rebellion." July zog spitzbübisch die Augenbraue nach oben.

„Unsere Eltern wurden angerufen und wir mussten ins Büro von Rektor Singer. Irgendwie war das dann gar nicht mehr cool. Wir standen wie begossene Pudel vor unseren Eltern und sie waren sichtlich geschockt gewesen, uns so zu sehen. Zumal wir so nie aus dem Haus gegangen waren. Ich kann mich noch daran erinnern, dass meine Mutter überhaupt kein Wort herausbekam und mein Vater sich das Lachen verkneifen musste", sagte Ella.

„Ich habe ziemlich Prügel bekommen und vier Wochen Hausarrest dazu…", erinnerte sich Olivia.

July und Ella waren still geworden und sahen ihre Freundin an. Die aß weiter und bemerkte nicht, dass sie beobachtet wurde. Erst als sie aufsah, bemerkte sie die betroffenen Gesichter der Frauen.

„Du bist damals wirklich geschlagen worden?", fragte Ella nach.

„Ja, natürlich. Und es scheint geholfen zu haben, denn so bin ich und auch ihr nie wieder in der Schule aufgetaucht." Olivia sagte das mit einer Gelassenheit, die beängstigend war. Dass ihre Eltern sehr streng waren, wusste Ella. Dass es auch öfter lautstarke Auseinandersetzungen mit ihnen und Olivias Brüdern gab, wusste sie auch. Aber dass in diesem Haushalt den Eltern auch die Hand ausrutschte und die Kinder geschlagen wurden, war Ella nie bewusst gewesen. Verwirrt schaute sie July an, die den Blick sofort senkte. Die Stimmung war ein wenig gekippt, aber vielleicht war es an der Zeit, über diese Thema zu reden.

Ella räusperte sich kurz und sah Olivia an. „Warum hast du uns das nicht erzählt? Ist das etwa öfter vorgekommen?"

Olivia legte ihre Gabel aus der Hand. Es schien fast so, als wäre sie dankbar dafür, nicht weiteressen zu müssen, denn viel war es bisher nicht gewesen.

„Es war nicht der Rede wert. Sicher ist das nicht nur einmal vorgekommen. Mein Vater fackelte in dieser Beziehung nicht lange. Aber es war für uns ganz normal. Ich war immer froh, mit euch zusammenzusein und habe dann alles, was zu Hause vielleicht nicht so gut lief, vergessen können. Warum hätte ich euch das erzählen sollen? Damit hätten wir nur unsere Zeit verschwendet. Es war nicht wichtig und ist es auch jetzt nicht." Olivia stand auf.

„Möchtet ihr noch ein bisschen Wein?", fragte sie und schien das Gespräch damit als beendet zu betrachten.

Die Frauen nickten. Als sich Olivia wieder zu ihnen setzte, sah Ella sie eindringlich an.

„Was?", fragte Olivia.

„Wie meintest du das? Du sagtest, dass es auch jetzt nicht wichtig ist?"

„Ella, Süße, ich bitte dich, lass uns doch über etwas anderes reden. Wir sind hier, um unser Wiedersehen zu feiern!" Olivia gab Ella einen kleinen Stups und versuchte so, sie von ihrem Vorhaben abzuhalten, weiter über sie zu reden. Es lag Ella auf der Zunge, ihre Freundin zu fragen, was bei ihrem Treffen in der Bar losgewesen war, warum sie erst wieder sie selbst war, nachdem ihr Mann gegangen war und was die überdeckte Verletzung an ihrem Hals zu bedeuten hatte. Doch sie unterließ es. Sie spürte, dass es Olivia unangenehm war, und sie wollte den Abend nicht ruinieren. Aber als sie Olivia ansah, bemerkte sie in ihren Augen etwas Seltsames. Ihr Blick war freundlich und liebevoll, wie immer, aber er verriet auch eine gewisse Abgeklärtheit und Bitterkeit.

Die Situation war noch immer etwas angespannt. Daher entschied July, noch einmal an den See zu gehen und die untergehende Sonne zu beobachten. Die Frauen setzten sich ohne ein weiteres Wort auf den Steg und legten die Köpfe aneinander. Lange lauschten sie den Stimmen der Nacht und ließen sich von den sanften Bewegungen des rot schimmernden Wassers einfangen…

Mit einem Mal war ein leises Schluchzen und die zarte Stimme Olivias zu hören: „Er schlägt mich…Dean…ihr habt recht…"

Ella und July sahen Olivia entsetzt an. Sie nahmen sie beide in den Arm und endlich ließ Olivia ihre Gefühle zu und ihren Tränen freien Lauf. Lange wiegten sie ihre Freundin in den Armen, bis sie sich etwas beruhigt hatte. Es schien, als würden ihre schmerzlichen Gedanken ihr gesamtes bisheriges Leben durchstreifen…

„Ich war damals sehr froh gewesen, die Schule abgeschlossen zu haben und mein Studium als Krankenschwester beginnen zu können. Ich war endlich weg von zu Hause, weg von meinem Vater und konnte in mein eigenes Leben starten. Ihr beide seid nicht mehr bei mir gewesen, unsere Wege hatten sich getrennt und ich war so traurig darüber, nicht mehr mit euch reden und zusammen sein zu können. Versteht mich nicht falsch, ich habe mich sehr für euch gefreut. Darüber, dass du, Ella, eine so wunderbare Karriere gemacht hast und du, July, während deines Studiums die Liebe deines Lebens kennengelernt hast. Irgendwie hatte ich aber das Gefühl, trotz meines Traumberufes auf der Stelle stehengeblieben zu sein. Es gab niemanden an meiner Seite, dem ich so nahe stand, wie euch. Eines Abends traf ich Dean in der Stadt wieder. Ich mochte ihn in der Schule nicht besonders. Wie ihr wisst, war er ein ziemlicher Draufgänger und ich hatte wenig Lust, mehr Zeit mit ihm zu verbringen als nötig. Aber er schaffte es, mich vom Gegenteil zu überzeugen, zumindest am Anfang…

Er bemühte sich um mich, besuchte mich später oft im Krankenhaus und ich begann, mich in ihn zu verlieben. Als wenig später die Idee mit der Übernahme der Bar aufkam, waren wir beide Feuer und Flamme. Wir heirateten und versuchten, uns unseren gemeinsamen Traum zu verwirklichen. Nach der ersten Euphorie kamen dann aber schon bald finanzielle Probleme…ich arbeitete Schicht um Schicht im Krankenhaus, danach *half ich Dean in der Bar. Es war sehr schwer für uns beide und Dean begann zu trinken. Ich habe immer wieder versucht, ihn davon abzuhalten, es hat auch für eine gewisse Zeit funktioniert, aber an dem Abend, als ich ihm sagte, dass ich ein Kind von ihm erwartete, war es endgültig vorbei. Er lachte. Lachte mich aus, beleidigte mich. Er meinte, dass er sich nie mit einer Zweitklassigen hätte einlassen dürfen, aber an meine besten Freundinnen wäre er ja schon zu Schulzeiten nicht herangekommen... als ich weinend aus dem Zimmer laufen wollte, hielt er mich fest und schlug das erste Mal zu. Er sagte, dass er nicht auch noch mit einem Kind zu tun haben wollte, da ich ihn ohnehin zu wenig unterstützen würde. Ich wäre eine schlechte Mutter. Die Schulden würden uns mit einem Kind erst recht über den Kopf wachsen, es wäre aussichtslos...*

Es folgte ein Schlag auf den anderen...bis ich das Bewusstsein verlor. Ich wachte erst im Krankenhaus wieder auf. Dean saß an meinem Bett. Er hatte Tränen in den Augen und entschuldigte sich immer wieder, aber ich konnte nicht antworten. Als die Ärztin kam, wurde ich gefragt, wie meine Verletzungen entstanden waren. Dean antwortet sofort, dass mir übel geworden sei und ich die Treppe hinunter gefallen wäre. Sie sah mich eindringlich an, sie wusste, dass er log. Sie bat mich, die Wahrheit zu sagen, doch ich schwieg. Ich schwieg auch, als sie mir wenig später offenbarte, dass ich unser Kind verloren hatte..."

Olivia löste sich aus Ellas Umarmung und setzte sich auf. Sie schaute in den Nachthimmel, als könne er ihr den Schmerz nehmen. Erst als Ella ihre Hand wieder nahm, sah Olivia wieder zu ihr. Ihr Blick hatte sich verändert. Er war starr. Dennoch huschte ihr ein dankbares Lächeln über die Lippen.

„Das ist jetzt sechs Jahre her, aber es hat nie wieder aufgehört. Ich habe versucht, ihn zu verlassen, aber wohin sollte ich gehen? Irgendwann habe ich es aufgegeben, mein Leben zu ändern. Ich nehme es eben hin…"

July und Ella wussten nichts zu antworten. Dass es Olivia nicht besonders gut ging, war nicht zu übersehen, aber dass es so schlimm war, hätten sie nicht vermutet.

„Wenn wir dir irgendwie helfen können…" Weiter kam July nicht, denn Olivia lachte verächtlich.

„Danke, July, danke, aber ich denke, das könnt ihr nicht!", antwortete sie knapp. Ihre Stimme klang hoffnungslos.

„Ich bin euch sehr dankbar, dass ich darüber reden konnte, auch wenn es vielleicht an unserem gemeinsamen Wochenende nicht unbedingt ein angenehmes Thema ist."

Sie drückte Ellas Hand und lächelte gequält.

Die Frauen hingen ihren Gedanken nach. Ein seltsames Gefühl machte sich breit. Ella kam sich so machtlos vor. Ihr war bewusst, dass nur Olivia selbst ihr Leben ändern könne, aber von Wut ergriffen, würde sie im Moment alles tun, um sie zu beschützen, selbst wenn es darum ging, Dean anzuzeigen.

„Olivia, könntest du dir vorstellen, hier zu wohnen?" fragte Ella aus dem Bauch heraus. „Ich werde irgendwann zurück nach New York fliegen und du hättest hier einen Platz, an den du dich zurückziehen könntest."

Erschrocken sah Olivia Ella an.

„Nein! Nein, wirklich nicht. Er würde es nicht zulassen und ich möchte dich nicht mit in diese Sache hineinziehen."

Olivia stand plötzlich auf und ging zurück ins Haus. Die beiden Freundinnen schauten sich an und senkten sofort den Blick. Es hatte nicht viel Sinn, weiter mit ihr zu reden, wenn sie sich wieder verschloss. Das war schon so gewesen, als sie noch Kinder waren.

Sie gingen Olivia nach. Es war sehr spät geworden. Als July und Olivia ins Schlafzimmer kamen, waren sie vollkommen überwältigt. Mit einem Mal war das vorherige Gespräch zwar nicht vergessen, aber etwas in den Hintergrund gerückt.

Ella hatte das Zimmer so gut es ging eingerichtet, wie damals. Sie hatte die alten Decken im Schrank gefunden, die große Matratze aufgestellt und sogar einige der Plüschtiere, die Millie ihnen einmal geschenkt hatte, auf das breite Bett gelegt. Das Licht der kleinen Lampe über dem Nachttisch versetzte das Zimmer in die Zeit vor vielen Jahren zurück. Die Freundinnen fielen sich in die Arme und hüpften auf das Bett. Sie lagen lachend auf dem Rücken und waren froh, die Sorgen um Olivia ein wenig beiseite schieben zu können.

„Wer liest uns jetzt vor?", fragte die kurze Zeit später.

„Ich denke, das übernehme ich", meinte Ella sofort und griff unter das Bett, wo Millies altes Buch lag.

„Du hast das Buch gefunden?" fragte July überrascht.

Ella nickte. „Und nicht nur das", antwortete sie, „Aber das möchte ich euch lieber heute nicht mehr erzählen…" Sie setzte sich auf Millies Sessel und blätterte ein paar Seiten um. „Möchtet ihr eine bestimmte Geschichte hören?" July und Olivia hatten es sich bereits gemütlich gemacht und sagten wie aus einem Mund: „Die Prinzessinnengeschichte."

Woher hatte Ella das nur gewusst? Sie grinste und begann zu lesen.

Ihre Silhouette war im zarten Lichtschein am Fenster zu sehen. Hätte er es nicht besser gewusst, hätte Aiden geschworen, Millie würde in ihrem Sessel sitzen…

13

Die Sonne stand bereits hoch am Himmel. Ella war mit dem Buch in der Hand im Sessel eingeschlafen. Ihre Freundinnen lagen eng aneinander gekuschelt noch schlafend im Bett. Es war ein zuckersüßer Anblick. Ella sah aus dem Fenster. Die Sonnenstrahlen spiegelten sich im Wasser, die Vögel sangen. Es würde ein wunderbarer Tag werden…zumindest war Ella zu diesem Zeitpunkt noch fest davon überzeugt…

Sie schlich sich langsam aus dem Zimmer. Sie wollte die beiden mit einem typischen Millie-Frühstück überraschen. Während sie duschte, gingen ihr wieder Olivias Worte durch den Kopf. Sie hatte gestern des Öfteren das Gefühl gehabt, dass sie ihre Freundin nicht wiedererkannte. Sie war stets diejenige gewesen, die zurückhaltend und schüchtern gewesen war, nie übertrieben getrunken oder gefeiert hatte. Sie hatten sie immer „ihre Kleine" genannt. Womit hatte sie so ein Leben verdient? Diese zierliche Frau, die eine unglaubliche Stärke besaß? Ella konnte es nicht begreifen und beabsichtigte, ihr irgendwie zu helfen.

Der Teig für die Pancakes alla Millie war bereits fertig, als July in die Küche kam. „Wo ist Olivia?", fragte Ella.

„Sie schläft noch", lächelte July. „Lassen wir sie ausschlafen und bringen ihr dann Frühstück ans Bett, was meinst du?" Ella nickte. „Niemand hat es mehr verdient als sie, etwas verwöhnt zu werden:" Die Freundinnen hatten Mühe, ihre Tränen zurückzuhalten.

„Gott, sie tut mir so unendlich leid. Und ich habe das alles nicht gewusst und war zu sehr mit meinem Leben beschäftigt", schluchzte July, als sie Ella umarmte.

„Es ist nicht deine Schuld, aber wir werden für sie da sein!", gab Ella zurück.

Nachdem sie Blaubeeren gewaschen, die Avocado geschnitten und Schokolade geschmolzen hatten, gingen die beiden mit herrlich duftendem Kaffee nach oben.

Olivia lag da wie ein Engel. Sie sah so unschuldig aus wie ein kleines Mädchen und zumindest in diesem Moment schien sie glücklich zu sein. Sie musste schon lange nicht mehr so friedlich geschlafen haben...

Langsam rührte sie sich. Plötzlich schreckte sie hoch. Sie schaute sich um, als wüsste sie nicht, wo sie war. Verwirrt schaute sie aber Sekunden später in die lächelnden Gesichter ihrer Freundinnen und entspannte sich sofort.

„Es gibt Frühstück, Kleine", sagten July und Ella gleichzeitig.

Olivia war gerührt und umarmte ihre Freundinnen.

„Ich danke euch!"

Die Pancakes schmeckten tatsächlich fast wie früher. Das Rezept hatte Ella in Millies Backbuch gefunden. Auch ihr legendärer Schokoladenkuchen stand darin. Sie hatten ihn den Mädchen jedes Mal gebacken, wenn sie zu Besuch waren und diese hatten sich mit Genuss darüber gestürzt. Es musste irgendwo noch Fotos geben von dem einen Sonntag, an dem sie den Kuchen stibitzt hatten, mit dem Boot rausgefahren sind und ihn restlos aufgegessen hatten. Und nicht nur das, sie hatten sich mit der Schokolade von oben bis unten bekleckert.

Als sie wieder zurück am Ufer waren, wartete Millie damals schon mit strengem Blick auf die Mädchen. Nicht unbedingt, weil sie den gesamten Kuchen mitgenommen hatten, sondern weil sie ohne zu fragen allein mit dem Boot hinausgefahren waren. Als sie die Kinder allerdings sah, brach sie in lautes Lachen aus. Sie wartete nicht lange und warf eine nach der anderen ins Wasser und wies sie an, sich abzuwaschen. So hatten sie sich ihr kleines Abenteuer zwar nicht vorgestellt, aber am Ende war es noch viel schöner geworden. Millie hatte alle Mädchen abgetrocknet, in dicke Decken gesteckt und ihnen Tee gekocht. Es war ein herrlicher Tag gewesen.

Als die Frauen gerade das Geschirr wegräumten, klopfte es laut an der Verandatür.

Richard und Grace standen freudestrahlend davor. Sie sahen sehr zufrieden aus und die Vorfreude auf den Beginn ihrer geplanten Reise stand ihnen ins Gesicht geschrieben.

„Wir wollten uns nur schnell verabschieden", sagte Richard, als sie hereinkamen und die Frauen begrüßten.

„Nicht so schnell", mahnte ihn Grace. Er schien es gar nicht erwarten zu können, endlich mit seiner Frau loszufahren. „Ich habe dir hier noch ein paar Dinge aufgeschrieben, die das Haus und einige anderen Dinge betreffen, und wenn du noch ein bisschen bleiben kannst, bevor du wieder nach New York fliegst, schau doch bitte nach, ob alles in Ordnung ist, ja?" Grace war natürlich diejenige, die alles um die Reise herum organisierte und fiel gleich mit der Tür ins Haus. Typisch. Ella bat sie, sich wenigstens noch einmal kurz zu setzen und bot ihnen Pancakes an. Richard stürzte sich regelrecht darauf. Als Grace ihn verblüfft ansah, sagte er nur: „Na, wer weiß, was ich in Europa zum Essen bekomme!" Grace verdrehte die Augen und lachte.

„Ich habe euch noch etwas mitgebracht", zwinkerte Grace. Sie zog eine Mappe aus ihrer Tasche und gab sie Ella. Sie war voll mit Bildern der Mädchen, angefangen vom ersten Schultag bis hin zu ihrem

Abschluss und natürlich der herrlichen Zeit hier am See.

„Es ist unglaublich. Gerade vorhin habe ich noch daran gedacht, dass es Bilder geben müsste, vor allem auch von unserer Kuchenaktion, wisst ihr noch?", fragte Ella. Olivia und July nickten verlegen. Nach einer Weile fand sie einige der Bilder. Es war unglaublich lustig, sie anzuschauen.

„Es war deine Idee, das weißt du hoffentlich", sagte Olivia an July gewandt. „Was? Den Kuchen zu stehlen?" Olivia nickte und zog gespielt vorwurfsvoll die Braue nach oben.

Ella begann zu kichern. „Na wessen Idee sonst?", sagte sie dann und fing sich damit einen Klaps von July ein.

„Ich denke, ich weiß, was wir später machen." July setzte sich aufrecht hin. „Wir backen Schokoladenkuchen!", entschied sie. „Aber zuerst muss ich kurz meinen Mann anrufen, um zu hören, ob alles in Ordnung ist." Dabei sah sie ein wenig schuldbewusst zu Olivia, die aber gar nicht darauf zu reagieren schien. Grace und Richard nutzten die Gelegenheit und verabschiedeten sich. Im Hinausgehen wies Ella ihre Eltern noch einmal auf das Gespräch vom Vortag hin.

„Ich war gestern kurz bei Rose, weil der Wagen in die Werkstatt musste. Mit ihr habe ich ebenfalls über den

Brief des Jungen gesprochen, den ich in Millies Kiste gefunden habe. Sie hat mir alles erzählt."

Schockiert sah Richard seine Tochter an. „Warum hat sie das getan?"

„Wir haben eher über Tante Millie gesprochen, aber dabei war das Thema Max, so hieß der Junge, natürlich nicht wegzudenken. Ich verstehe nur nicht, warum ihr mir verschwiegen habt, dass ihr ihn bei uns aufzunehmen wolltet."

„Das wollten wir nicht! Es war Millies Idee und sie ist gründlich schiefgegangen!" Richard war etwas lauter geworden und Grace versuchte, ihn zu beruhigen.

„Ella, vielleicht reden wir darüber, wenn wir zurück sind oder dich in New York besuchen. Im Moment ist der Zeitpunkt sehr ungünstig." Ihre Mutter hatte recht.

„Es tut mir leid. Es ist nur so, dass ich in den letzten Tagen mit so vielen Dingen konfrontiert wurde, die meine Familie betreffen, und von denen ich nichts wusste." Es sollte nicht vorwurfsvoll klingen, aber Ella wäre es natürlich lieber gewesen, Antworten zu bekommen.

„Ich weiß", sagte Richard und das tut auch uns leid. Wir holen es nach, ja?"

Ella winkte ihren Eltern nach, als sie wegfuhren. Natürlich hatte sich ihr Vater nicht ein bisschen geändert. Seit ihrer frühesten Kindheit hatte er versucht, negative Dinge von seiner einzigen Tochter fernzuhalten und im Notfall eben einfach zu verschweigen, solange es aus seiner Sicht gut für Ella war. Warum sollte er jetzt anders reagieren?

„Worum ging es?", fragte Olivia, als Ella zurückkam. Sie sah nur kurz von den Fotos auf. Ella setzte sich zu ihr und fischte ein Bild heraus.

„Es ging um Max", antwortete Ella beiläufig. Olivia zuckte kurz zusammen, davon bemerkte Ella allerdings nichts. Als auch July wieder bei ihnen war, begann Ella zu erzählen, dass sie Millies Kiste am Tag ihrer Ankunft im Landhaus gefunden hatte. Neben ihrem Märchenbuch waren in dieser Kiste auch einige Schriftstücke und ein Brief von einem Jungen. Max.

„Ich wusste, dass ich nicht das Recht hatte, in Millies Sachen zu wühlen, aber da ich das Haus geerbt habe, dachte ich, es wäre nicht so schlimm. Vor allem der Brief des Jungen ist mir nicht mehr aus dem Kopf gegangen. Er bedankte sich darin bei Millie und Greg, dass er bei ihnen sein durfte, und freute sich auf ein Wiedersehen. Wie ihr wisst, hatten die beiden keine Kinder und auch, wenn wir zusammen hier waren oder ich Tante Millie allein besuchte, habe ich nie Kinder gesehen. Ich versuchte, mit meinen Eltern darüber zu sprechen, aber sie haben, so wie jetzt gerade auch, jedes Gespräch darüber abgelehnt und so ging ich zu Rose. Wer konnte mir meine Fragen besser beantworten als sie? Und das tat sie auch."

Ella berichtete ihren Freundinnen von ihrer aufschlussreichen Unterhaltung mit Rose. Sie ließ dabei auch nicht aus, wie es ihr und Millie in ihrer Jugend ergangen war und wie Rose und sie zu diesem Team geworden waren. Rose und ihre Eltern mussten die einzigen gewesen sein, die von Max wussten, welche Probleme es gegeben hatte und welche Bindung Millie dennoch zu ihm aufgebaut hatte, nachdem Greg verstorben war.

„Meine Eltern waren gegen diese Verbindung, nachdem sie Max kennengelernt hatten und absehbar war, dass dieses schwierige Kind im Jugendalter noch mehr Probleme bekommen und machen würde. So wurde Tante Millie nur noch von Rose unterstützt…bis zu diesem Zeitpunkt, als Max zum Mörder wurde…"

July reagierte geschockt. „Wie bitte? Wie kommst du darauf?"

„Rose hat mir einen Zeitungsartikel gezeigt. Er muss circa fünf Jahre alt gewesen sein. Ich habe die Überschrift gelesen, in der es hieß, dass nach langen Ermittlungen ein Mann aus Bonneau wegen Mordes an seiner Ehefrau verhaftet worden war. Sie sagte, dass es sich bei diesem Mann um Max handeln würde."

„Oh mein Gott! Ich kann das gar nicht glauben!", sagte July „Und dieser Junge sollte dein Stiefbruder werden?" Ella zuckte mit den Schultern. Sie hielt noch immer das Foto in der Hand.

„Erinnert ihr euch an den Jungen, den wir unter dem Boot gefunden haben? Wir redeten auch am Abend von Millies Beerdigung darüber. Ich denke, das war an diesem Tag." Ella hielt das Foto hoch.

„Und ich denke, das war Max."

July starrte Ella an. Natürlich. Das würde vollkommen passen.

„Ich möchte gar nicht darüber nachdenken, was Millie durchgemacht haben muss, nach all dem, was ihr in ihrem Leben schon widerfahren war", sagte July.

Ella schüttelte nur traurig den Kopf.

„Wisst ihr, ich bin eigentlich nicht nur wegen Millies Beerdigung nach Hause gekommen. Ich habe eine Auszeit gebraucht. Und ehrlich gesagt, war ich sogar schon soweit, die Geschäftsleitung ganz an Mike, meinen Partner, zu übertragen. Es klingt vielleicht etwas seltsam, weil ich genau das Leben führe, was ich mir gewünscht habe und was viele gerne führen würden, aber je älter ich werde, desto mehr merke ich, dass ich noch andere Träume habe. Natürlich habe ich nicht damit gerechnet, solche Dinge über meine Familie zu erfahren."

„Ella!" July reagierte entsetzt.

„Das kannst du doch nicht wirklich vorhaben! Du bist eine Topdesignerin und lebst in New York! Bitte sag mir, dass du das nicht aufgeben wirst! Wie kann ich sonst noch mit dir angeben?"

Olivia war die ganze Zeit über still gewesen. Sie wirkte verschlossen, in sich gekehrt. Aber jetzt meldete sie sich zu Wort.

„Sie hat recht und auch du, Ella. Viele wünschen sich ein Leben, wie du es führst. Es wegzuwerfen, wäre ein großer Fehler."

Ella bemerkte, dass ihre Äußerung vielleicht bei Olivia nicht gut angekommen war. Ihre Probleme waren gegenüber denen Olivias wirklich nichtig.

Sie entschuldigte sich bei ihr, doch sie wehrte ab. Stattdessen sagte sie nur: „Schokoladenkuchen und Wein?"

„Ich bin dabei!", sagte July sofort.

Ella suchte Millies Backbuch heraus. Das Rezept war sofort gefunden und nachdem die Frauen alle Zutaten zusammengesucht hatten, stießen sie miteinander an und legten los.

July rührte den Teig und drehte sich zu Ella um. Sie tippte ihr mit dem Quirl auf die Stirn, sodass der Teig an ihrer Nase herunterlief.

„Hat deine geplante Auszeit vielleicht auch etwas mit diesem Aiden zu tun?"

„Mit wem?", fragte Olivia sofort.

Ella grinste verlegen, sagte aber nichts. Er war ihr die ganze Zeit nicht aus dem Kopf gegangen und wenn sie ehrlich war, würde sie sich freuen, wenn er vorbeikommen würde, um ihre Freundinnen kennenzulernen. Es war ziemlich merkwürdig, wie sehr sie ihn vermisste. Dabei war ihre Beziehung bisher eigentlich eher sehr ungezwungen und nur auf Sex beschränkt gewesen. Ungewöhnlich für Ella, die gerne wusste, woran sie war und was sie wollte. Doch dieser Mann hatte sie und ihre Prinzipien ordentlich durcheinandergebracht. Er war geheimnisvoll, gab nicht viel von sich preis, aber genau das war es, was Ella so faszinierte. Eine solche Art von Beziehung hatte sie bisher nie geführt und wenn sie ehrlich war, war es genau das, was sie jetzt brauchte. Vielleicht war es nur ein Abenteuer, vielleicht würde daraus etwas Ernsthaftes werden. Wer wusste das schon und trotz ihrer Unsicherheit war sie bereit, genau das herauszufinden.

„Nun sag schon! Was ist mit dir und diesem charismatischen Mann?" July ließ nicht locker und auch Olivias erwartungsvoller Blick ruhte auf ihr.

„Naja, was soll ich sagen…es ist aufregend. Ich weiß nicht, wie ich es beschreiben soll. Er ist sehr fürsorglich, aber verschlossen. Er scheint zu wissen, was er will und ich habe das Gefühl, dass er ab und an mit mir spielt. Aber es gefällt mir. Normalerweise bin ich nicht so und verstehe auch nicht, warum ich das so anziehend finde, da es überhaupt nicht zu mir passt. Ich bewege mich momentan auf vollkommen neuem Terrain und bin einfach unglaublich gespannt...ohne Erwartungen und Vorstellungen."

July zog die Augenbraue hoch.

„Du hast dich verliebt!"

Wieder landete Teig in Ellas Gesicht.

„Nein!", wehrte sie sofort ab, meinte damit aber nicht den Kuchenteig auf ihrer Wange, sondern Julys Aussage.

„Ich habe mich nicht verliebt...glaube ich...oder vielleicht ein bisschen..." Ella wischte sich den Teig aus dem Gesicht und sah ihre Freundinnen genervt an.

July lachte, wobei Olivia noch immer still blieb.

„Und wie ist dein Surfboy so im Bett?", bohrte July weiter.

„July!" Ella tat entsetzt, konnte sich aber das Lachen auch nicht mehr verkneifen.

„Du bist unmöglich!", gab sie zurück und diesmal griff Ella in die Teigschüssel und verschmierte Julys Gesicht. Auch Olivia kam nicht davon. Sie versuchte, schreiend wegzulaufen, doch Ella erwischte sie. Sie revanchierte sich, indem sie mit den Himbeeren warf, die eigentlich den Kuchen verzieren sollten. Innerhalb weniger Minuten sah die Küche aus wie ein Schlachtfeld. Es war ein riesiger Spaß. Die Frauen fühlten sich wie kleine Kinder, die ausgelassen spielten. Später lagen sie lachend auf dem Boden...an einen Schokoladenkuchen war wohl nicht mehr zu denken.

Ella blickte zur hinteren Verandatür. Im Augenwinkel sah sie jemanden weggehen.

War das etwa Aiden gewesen? Als sie sich aufsetzte, sah sie jedoch niemanden mehr, doch sie bemerkte, dass auch Olivia zur Tür schaute. Gerade, als sie sie darauf ansprechen wollte, klopfte es an der vorderen Tür. Die Frauen sahen sich verwundert an und gingen schließlich gemeinsam zur Tür.

„Du große Güte! Wie seht ihr denn aus?"

Rose stand vor ihnen und war sichtlich entsetzt. Wie verlegene Kinder sahen die Freundinnen an sich herunter.

Schnell wischte Ella den Gedanken wieder weg, vielleicht Aiden gesehen zu haben. Es musste Rose gewesen sein...

„Dass ihr in Millies Haus so eine Unordnung macht!" mahnte Rose mit erhobenem Zeigefinger. „Sie hätte es wahrscheinlich genau so gewollt und geliebt!"

Die kleine Frau lachte herzhaft, als sie das gesagt hatte, und nahm die Frauen in den Arm. „Du solltest erst einmal die Küche sehen...", flüsterte Ella, als sie Rose umarmte.

Im Hineingehen fragte sie Olivia, ob alles in Ordnung wäre. Sie kam ihr etwas merkwürdig vor. In der einen Minute war sie ausgelassen und fröhlich und in der nächsten vollkommen in sich gekehrt.

„Natürlich!", antwortete Olivia und lächelte jetzt zufrieden. Ella wurde nicht schlau aus ihr, oder sie machte sich einfach zu viele Gedanken. Olivia sollte wenigstens die Zeit genießen, bis sie am nächsten Morgen wieder nach Hause fahren musste.

„Na, zum Glück habe ich euch Kuchen mitgebracht. Aus diesem hier wird ja wohl nichts mehr", meinte Rose, als sie in der Küche stand und gespielt verärgert in die Runde blickte.

Nachdem alles wieder aufgeräumt war, July und Olivia waren noch im Badezimmer, setzten sich Ella und Rose auf die Veranda.

„Ich war eine Weile nicht hier, aber es ist immer wieder wunderschön, hier zu sitzen und einfach auf das Wasser zu schauen." Nach einer Weile wandte sich Rose an Ella. „Ich habe dich doch mit der Geschichte über deine Tante Millie nicht all zu sehr geschockt?", fragte sie vorsichtig.

Ella konnte nicht sofort antworten. Sie hörte ihre Freundinnen wieder herunterkommen.

„Nein, mit der Geschichte nicht all zu sehr, aber der Zeitungsartikel geht mir nicht mehr aus dem Kopf."

Rose nickte traurig.

„Es war Millie immer eine Freude, als ihr drei bei ihr zu Besuch gewesen seid. Sie hatte eine glückliche Zeit, wenn sie sich um euch kümmern und euch aufwachsen sehen konnte. Auch wenn ich mit meiner Familie hier war, kümmerte sie sich liebevoll und mit einer unglaublichen Begeisterung und Güte um alles. Es war wie ein kleiner Urlaub für mich und mein Herz ging auf, wenn sie so glücklich war. Ich erinnere mich daran, wie sie mich jedesmal aufgeregt anrief, wenn sie wusste, dass ihr das Wochenende oder die Ferien bei ihr verbringen würdet. Sie erzählte mir, was sie mit euch vorhatte, was sie euch zeigen und unternehmen wollte. Millie hat sich auch immer neue Geschichte einfallen lassen, die sie euch abends vorgelesen hat. Aber sie war auch jedesmal traurig, wenn ihr wieder nach Summerville zurückfahren musstet. Als ihr älter wurdet und schließlich die Schule beendet hattet, setzte ihr das besonders zu. Denn seit dieser Zeit sah sie euch nur noch selten.“ Rose seufzte und nahm ein Stück Kuchen.

„Aber du, meine liebe Olivia, bist ihr ja noch ein wenig treu geblieben“, meinte Rose mit vollem Mund. „Darüber hat sie sich immer sehr gefreut.“

July und Ella sahen Olivia an.

„Du hast Millie weiter besucht, als wir zum Studium gingen?“, fragte July.

„Ja, ab und an", antwortete Olivia verträumt. „Ich konnte wohl ebenso wenig loslassen und schließlich war ich die einzige, die in ihrer Nähe geblieben war. Ich habe Millies Nähe gebraucht. Sie war ein Mensch, bei dem ich mich sicher gefühlt habe." Ella verstand sofort und lächelte mitfühlend.

14

Als sich Ella später ebenfalls von den Teigresten zu befreien versuchte, hörte sie plötzlich ein lautes Geräusch. Es hörte sich an, als ob ein Auto mit quietschenden Reifen vorgefahren wäre. Gerade dachte sie noch darüber nach, wer sonst noch zu Besuch kommen würde, da hörte sie jemanden schreien. Schnell zog sie ihre frischen Sachen an und stürmte die Treppe hinunter. Was sie schließlich vor der Veranda sah, ließ ihr den Atem stocken.

Dean stand vor Olivia, die sich schützend die Hände vor das Gesicht hielt. Er redete unentwegt auf sie ein und als sie etwas sagen wollte, schlug er zu, immer wieder. Olivia fiel zu Boden und Dean beugte sich über sie. Seine Fäuste trommelten auf die zierliche kleine Frau ein und langsam verstummten ihre Schreie. Ella stand wie versteinert da und wurde erst aus ihrem Schockzustand gerissen, als July schreiend auf sie zukam. „Ruf die Polizei, schnell!" Ella reagierte sofort, nahm das Handy vom Tisch und wählte den Notruf. Ihre Stimme zitterte, als sie dem Beamten erklärte, was gerade passierte. Im Augenwinkel erkannte sie, dass Rose zu dem Paar rannte und versuchte, Dean von seiner Frau wegzuziehen. Kurz ließ er von Olivia ab, die sofort von July zur Seite genommen wurde. Sie versuchte, sie zu beruhigen, wischte ihr mit ihrer Bluse das Blut aus dem Gesicht und strich ihr sanft über den Kopf. Doch Dean war im Blutrausch. Es schien ihm völlig egal, wer sein Opfer war. Er holte bereits aus, um auch auf die kleine Rose einzuschlagen, die ihm nicht einmal bis zur Brust reichte. Ella ließ das Telefon fallen und rannte ohne zu zögern auf Dean zu. Sie riss Rose beiseite und stellte sich vor ihn. Er war verblüfft, schaute sie mit rot unterlaufenen Augen an und atmete schwer.

Er war betrunken. Der stechende Alkoholgeruch stieg Ella in die Nase. Ihr wurde schlecht, doch sie ließ sich nicht davon abhalten, direkt vor ihm stehenzubleiben und ihn so davon abzuhalten und damit zu verhindern, dass er wieder auf Olivia losgehen würde.

„Ach, unsere berühmte Designerin aus Ney York! Wie schön, Sie zu sehen, Eure Majestät!" lallte Dean. Ella verzog keine Mine. Plötzlich ging Dean einen Schritt auf sie zu, schrie, dass sie nicht das Recht hätte, seine Frau das ganze Wochenende hier festzuhalten und erhob plötzlich die Hand. In diesem Moment wurde er von hinten umgerissen.

Aiden!

Er half Dean sofort wieder auf und nahm Abstand.

„Verschwinde hier! Sofort!", sagte er in einem ruhigen, aber eindringlich strengen Ton.

Dean begann plötzlich zu lachen und hatte dabei Mühe, sich auf den Beinen zu halten.

„Du? Du glaubst, du kannst mir irgendetwas befehlen?" Wieder lachte Dean lauthals und beugte sich nach vorne, um sich vor Lachen den Bauch zu halten. Er schwankte so stark, dass er vornüberfiel. Er lachte noch immer und hörte die Polizeisirene nicht, deren lauter Ton in diesem Moment allerdings auch den anderen Anwesenden entging.

Olivia hatte sich inzwischen wieder aufgesetzt. July und Rose waren bei ihr.

„Geht es dir gut?" Aiden strich Ella sanft über die Wange, doch seinen Blick konnte sie absolut nicht deuten. Eine Mischung aus Angst, Traurigkeit und Zuneigung. Es war unbeschreiblich.

Er sah sich kurz um. Als die Polizeiwagen vorfuhren, gab er Ella einen Kuss auf die Stirn.

„Es tut mir leid!", sagte er ganz leise, rannte los und verschwand hinter dem Haus.

Verwirrt schaute sie ihm hinterher, dann zu den Frauen und zu den beiden Polizisten, die aus dem Wagen sprangen.

Einer von ihnen rannte an ihr vorbei. Offenbar hatte er Aiden gesehen. Der andere vergewisserte sich, dass es den Frauen soweit gut ging und kümmerte sich dann um Dean, der noch immer am Boden lag. Jetzt jedoch weinte Dean. Er jammerte regelrecht. Als der Polizist ihn fragte, was passiert sei, sagte er: „Dieser Scheißkerl hat mich zusammengeschlagen! Und meine Frau!"

Ella stand geschockt daneben. Hatte sie sich gerade verhört? Das konnte doch nicht wahr sein!

„Nein!", schrie sie. „Er lügt…", weiter kam sie nicht, denn Olivia rief dazwischen: „Er sagt die Wahrheit!"

Alle sahen zu Olivia hinüber. Das Entsetzen stand den Frauen ins Gesicht geschrieben.

„Sind Sie seine Frau?"

Olivia nickte. July und Rose redeten leise auf sie ein.

„Da Ihr Mann offenbar betrunken ist, erklären Sie mir doch bitte erst einmal, was genau passiert ist. Hat es mit dem Mann zu tun, den mein Kollege verfolgt?"

Olivia räusperte sich. Als sie gerade etwas sagen wollte, erschien der andere Polizist. Er führte Aiden in Handschellen neben sich her.

„Schau mal, wen wir hier haben?", sagte er zu seinem Kollegen. Dieser schaute Aiden an, und Dean schrie sofort: „Er war es! Er hat mich geschlagen!"

Der Polizist nickte wissend und wand sich an Aiden.

„Das war es wohl mit der Bewährung, Huntington!"

Huntington? Bewährung? Dieses Szenario kam Ella vollkommen unreal vor. Ihr Herz schlug ihr bis zum Hals und ihre Übelkeit wurde immer stärker. Sie stützte sich am Geländer ab und setzte sich auf die Stufe der Veranda.

„Geben Sie Ihrem Mann recht?", fragte der Polizist und sah Olivia dabei eindringlich an. Die nickte zustimmend.

Die Frauen konnten es nicht fassen.

„Das reicht mir!", antwortete der Polizist und zerrte Aiden unsanft zum Polizeiwagen. Aiden starrte zu Boden und ließ es über sich ergehen.

Olivia war aufgestanden. Sie strich sich die Bluse glatt, was jedoch das Blut darauf nicht einfach verschwinden ließ. Gekonnt steckte sie ihre Haare zurück und fuhr sich über das Gesicht, als könne sie damit ihre Verletzungen verstecken.

„Ich rufe Ihnen einen Krankenwagen, Miss. Wie ist Ihr Name?" Der Polizist schien froh, dass es Olivia einigermaßen gut ging, sorgte sich aber dennoch.

„Nein, Sir. Es ist alles in Ordnung. Ich brauche keinen Krankenwagen. Ich werde meinen Mann nach Hause bringen. Machen Sie sich keine Gedanken, es ist ja noch einmal gut gegangen. Danke für Ihre Hilfe."

Der Polizist sah sie verdutzt an. Das interessierte Olivia scheinbar wenig. Sie half Dean hoch. „Alles in Ordnung, Officer", sagte der und ließ sich von seiner Frau zum Wagen bringen.

„Aber…", warfen Rose und July gleichzeitig ein. Doch Olivias stechender Blick ließ sie sofort wieder verstummen.

Für den Officer war der Einsatz erledigt. Er verabschiedete sich, nachdem er die Frauen noch einmal gefragt hatte, ob es ihnen gut ginge. Sie antworteten nicht, aber das schien ihm auszureichen.

„Dann werden wir den Mistkerl mal wieder in Haft nehmen, wo sein Platz ist!" Mit diesen Worten stieg er in den Polizeiwagen und fuhr davon.

Wenige Minuten später tauchte Olivia wieder auf. Sie war wie ausgewechselt. Plötzlich strotzte sie vor Selbstbewusstsein. Sie ging einfach an Ella vorbei ins Haus und kam mit ihren Sachen zurück.

Rose hielt sie am Arm zurück.

„Olivia!"

Die zog den Arm weg.

„Danke für eure Hilfe. Es tut mir sehr leid, was vorgefallen ist. Es wird nicht wieder vorkommen."

Olivia ging einfach und ließ Rose und ihre Freundinnen fassungslos zurück.

„Was…?" Mehr brachte Ella nicht heraus. July dagegen polterte sofort los.

„Ich fasse es nicht! Wie kann sie so etwas machen? Wir dürfen nicht zulassen, dass Olivia auch nur eine Minute länger mit ihm zusammen ist! Warum ist sie so stur? Und warum haben die beiden Aiden von der Polizei mitnehmen lassen? Ich verstehe gar nichts mehr!"

Niemand antwortete auf ihre Fragen. Stattdessen setzte sich Rose neben Ella auf die Treppe.

„Du meintest nicht Olivia, stimmt´s?"

Kopfschüttelnd starrte Ella auf die ruhige See.

„Süße, dieser Mann, Aiden…"

„Ja?", fragte Ella aufgeregt.

„Er ist Max. Aiden ist Max!" Rose hatte ihre Hand auf Ellas Schoß gelegt. Sie spürte, wie sie zitterte und auch, dass die beiden inzwischen mehr miteinander verband, als nur die Tatsache, dass es sich um Millies Sohn handelte. Langsam drehte sich Ella zu Rose um.

Ihre Augen füllten sich mit Tränen. Ihre Gedanken kreisten und ihr Körper fühlte sich an, als wäre er vollkommen ohne Kraft. Sie konnte sich kaum bewegen, es fiel ihr schwer, überhaupt noch zu sitzen…

Sie hatte sich in einen Mörder verliebt!

Das war doch absurd!

Ella war im Moment nicht in der Lage, einen klaren Gedanken zu fassen. Immer wieder lief das gerade Geschehene wie ein Film in ihrem Kopf ab, ohne dass es irgendeinen Sinn ergeben würde.

July und Rose hatten Ella mit ins Wohnzimmer genommen. Sie lag auf dem Chesterfieldsofa, war von July zugedeckt worden und Rose hatte ihr einen Kaffee gebracht. Verloren starrte sie an die Decke, als Rose zu reden begann:

Ich hatte bereits erwähnt, aus welch schwierigen Verhältnissen Max, beziehungsweise Aiden kommt. Er hatte in seiner Kindheit und Jugend viele Dinge gemacht, die für uns unvorstellbar sind. Er war aggressiv, wenn er sich in die Ecke gedrängt fühlte oder dachte, nicht akzeptiert zu werden. Er hatte sich in der Schule, die er nur selten besuchte, immer wieder mit seinen Mitschülern geprügelt, die ihn damit aufgezogen hatten, ein Heimkind zu sein. All diese Dinge änderten sich aber, als er später bei Millie wohnte. Ich erinnere mich aber noch an einen Vorfall, der mir damals sehr zu denken gab. Max war auf der Suche nach seinem Vater gewesen, als er ungefähr 15 oder 16 Jahre alt war. Seine Mutter war verstorben, als er noch sehr klein war. Sein Vater aber saß im Gefängnis. Er hatte bei einem Überfall einen Mann erschossen und dafür eine lebenslange Haftstrafe bekommen. Als er diese Information bekommen hatte, veränderte sich sein Verhalten wieder.

Er schien in alte Muster zurückzuverfallen, wurde schnell wütend und aggressiv. Man sagte ihm, dass er seinen Vater nicht besuchen dürfe, bis er 18 Jahre alt sei. Es war eine einigermaßen schwierige Zeit und Millie brachte viel Verständnis dafür auf, um für den Jungen da zu sein. Eine Therapie half ihm damals, mit all diesen Dingen fertig zu werden. Doch Millie verstand ihn. Er musste wissen, wer er war, warum er so war und sich für ein eigenes Leben entscheiden, dass ihn glücklich machen würde. Er sah seinen Vater später zu einem einzigen Gespräch im Gefängnis. Danach dauerte es ein paar Tage, bis er mit Millie darüber reden konnte. Er erklärte ihr, dass er mit diesem Mann, der biologisch sein Vater war, nichts gemeinsam hatte. Er sprach von jemandem, der seine Tat nicht bereute, der die Schuld an dem Verlauf seines Lebens anderen gab, der davon sprach, wie schlecht es ihm ging…der aber kein einziges Mal ihn oder seine Mutter erwähnte…

Rose sah Ella an. Die hatte ihr zwar aufmerksam zugehört, aber es schien ihr keinesfalls besser zu gehen. Doch sie musste die Wahrheit erfahren.

„Ich hatte dir bei unserem letzten Treffen ja bereits erzählt, dass Max seinen Namen ändern ließ. Er änderte jedoch nicht nur seinen Nachnamen. Sein Vater hieß ebenfalls Max. Er war offensichtlich nach ihm benannt worden, doch das wollte er nicht. Er wollte endgültig mit seiner Vergangenheit abschließen und nahm deshalb auch einen anderen Vornamen an. Aus Max wurde Aiden Hunntington. Es war ein großes Glück für Millie. Aiden war wirklich ein wunderbarer Mensch geworden, fürsorglich, fleißig und dank ihrer Unterstützung und grenzenloser Liebe ein Mensch, der gelernt hatte, Liebe zuzulassen und selbst zu lieben...“

Ella setzte sich auf. Ihr Blick war leer, ihr Gesicht blass. Der Brief, den sie gefunden und nicht geöffnet hatte…war offenbar die Zustimmung der Stadt Bonneau zu der beantragten Namensänderung…

„Wie konnte er dann zum Mörder werden?“

Rose sah nach unten und atmete tief durch:

Aiden machte seinen Schulabschluss und begann zu studieren. Bereits während des Studiums lernte er Nancy, seine spätere Frau kennen. Die beiden waren ein Herz und eine Seele. Natürlich gab es wie bei jedem anderen Paar auch immer wieder kleinere Streitereien, aber das hielt nie lange an. Nach der Rückkehr von einer längeren Reise erklärten sie Millie, dass sie heiraten und hier ganz in der Nähe am Lake Moultrie ein Camp eröffnen wollten. Millie war selig, die Aiden und Nancy bei sich zu haben, und unterstützte sie natürlich auch finanziell. Innerhalb weniger Monate hatten die beiden das Camp aufgebaut. Es dauerte auch nicht lange, bis die ersten Besucher kamen. Nancy kümmerte sich mit Hingabe um die Kinder im Camp, veranstaltete gemeinsam mit Aiden Pfadfinderkurse, brachte ihnen die Natur näher, die Aiden so liebte, und sie bauten sogar noch eine Surfschule an. Sie waren sehr erfolgreich. Doch es gab mehr und mehr auch private Probleme zwischen ihnen Nancy wünschte sich eigene Kinder und Aiden war zumindest zu Beginn noch nicht bereit dazu. Es gab viele Gespräche mit Millie, von denen sie mir später erzählte. Bei einem dieser Gespräche war ich selbst anwesend. Ich spürte, warum Aiden sich so sehr dagegen wehrte...er hatte Angst. Angst davor, ein ebenso schlechter Vater werden zu können, wie es sein Vater gewesen war. Obwohl er mit der Vergangenheit abgeschlossen hatte, verfolgte ihn die Angst noch immer, seinen biologischen Eltern im Charakter ähnlich sein zu können. Wir redeten an diesem Abend *lange und schließlich beschloss Aiden, sich aus Liebe zu Nancy dieser Angst zu stellen. Leider war es nicht einfach, ein Kind zu bekommen. Bei Nancy wurde eine Endometriose festgestellt. Die Chancen, aufgrund dieser Krankheit, die oft zu Unfruchtbarkeit führt, dennoch Kinder zu bekommen, standen sehr schlecht. Aiden und Nancy entschlossen sich zu einer medikamentösen Behandlung. Zu Beginn ging es Nancy damit auch sehr gut, aber nach zwei Fehlgeburten und der Einnahme zusätzlicher Hormone, die ihr eigentlich ruhiges Wesen veränderten, verlor sie zusehends die Hoffnung. Sie stritten oft, obwohl sie der ganzen Situation einfach nur machtlos gegenüberstanden.*

An dem besagten Tag vor ungefähr fünf Jahren waren die beiden hier bei Millie gewesen, wie sie mir später berichtete. Nancy hatte sich zu einer letzten Behandlung im Krankenhaus entschieden. Sie verabschiedete sich von Aiden und Millie und fuhr los, obwohl es ihr gesundheitlich nicht gut ging. Sie wollte allein fahren, Aiden nicht noch zusätzlich belasten. Um einen weiteren Streit zu vermeiden, blieb Aiden. Er kümmerte sich um Millie, half ihr im Haus. Als er später ging, wirkte er zuversichtlich. Aber es sollte keine Stunde vergehen, bis Aiden wieder vor Millie saß... apathisch, verschlossen...es vergingen Minuten, bis er Millie offenbarte, was passiert war...Nancy war tot.

Die Polizei hatte ihn benachrichtigt, dass seine Frau einen tödlichen Unfall gehabt hatte. Sie war scheinbar ohne erkennbaren Grund viel zu schnell in eine Kurve gefahren und anschließend gegen einen Baum geschleudert worden war. Sie war noch am Unfallort verstorben...

Aiden sollte ins Krankenhaus kommen, um sie zu identifizieren, doch er konnte es nicht. Er konnte sich nicht bewegen, saß einfach nur da und redete nicht mehr. Wenig später kam die Polizei bei Millie vorbei. Es war unmöglich, mit Aiden zu sprechen. Er schien vollkommen in sich versunken zu sein, hörte nichts mehr, antwortete nicht. Millie bat die Beamten, vorerst zu gehen. Sie würde sich später um alle notwendigen Dinge kümmern.

Es vergingen viele Stunden, in denen Aiden in dieser Lethargie verhaftet war. Schließlich stand er auf und sagte: „Es ist meine Schuld! Ich bin schuld!"

Millie verstand nicht. Sie verstand überhaupt nicht, was Aiden ihr damit sagen wollte. Dann fuhren sie gemeinsam ins Krankenhaus...

Nancy lag bereits im Leichenschauhaus. Als Aiden sie sah, blutüberströmt und dennoch wie ein blonder Engel, brach er zusammen. Er schrie, bis er plötzlich ganz still wurde. Millie und ein Pathologe versuchten, ihn von diesem Ort wegzubringen, doch er wehrte sich. Er fuhr herum und sah Millie mit kalten Augen an: „Du hättest mich nicht retten dürfen! Ich bin es nicht wert! Ich bringe nur Unglück! Ich bin doch wie mein elender Vater! Ich bin daran schuld, dass meine Frau tot ist!"

Millie wusste nicht, was sie sagen sollte. Sie ahnte, was er meinte, aber sie wusste nicht, wie sie ihm jetzt helfen konnte. Ihr eigener Schmerz über Nancys Verlust brach aus ihr heraus und sie sank weinend zu Boden.

In diesem Moment kamen zwei Polizisten hinzu. Sie nahmen die beiden mit nach draußen, ohne dass sie es wirklich registrierten. Aiden murmelte immer wieder vor sich hin: „Ich bin schuld! Ich bin schuld, dass sie tot ist!"

Einer der Polizisten zog ihn beiseite, der andere sprach mit Millie. Er erklärte ihr, dass an Nancys Wagen eine manipulierte Bremsleitung festgestellt worden war und es sich keinesfalls um einen unglücklichen Unfall handeln würde. Und er sprach von einer Obduktion der Leiche, die angeordnet werden sollte...Millie begriff nicht, was man ihr sagte, auch nicht, dass Aiden Handschellen angelegt und er abgeführt wurde.

Viele Tage hörte sie nichts, weder von der Polizei, noch von Aiden selbst. Als sie schließlich erfuhr, dass das Camp auf amtlichen Beschluss geschlossen wurde, rief sie mich an und wir machten uns gemeinsam auf den Weg zur Polizei. Dort wurden wir sofort an einen vom Gericht bestellten Strafverteidiger verwiesen. Es handelte sich um eine junge Anwältin, die Aidens Fall übernommen hatte. Sie erklärte uns, dass Aiden bis zur Gerichtsverhandlung in Haft bleiben würde, da alle

194

Indizien darauf hindeuteten, dass Aiden etwas mit Nancys Tod zu tun hatte. Sie erklärte uns auch, dass bei der Obduktion in Nancys Blut ein starkes Beruhigungsmittel festgestellt worden war, welches bei Überdosierung zu starken körperlichen Einschränkungen oder sogar zum Tod führen könne. Die Konzentration in Nancys Blut sollte bedenklich hoch gewesen sein. Es war ein Schock für uns. Ich konnte es nicht fassen und wenn ich ehrlich war, hatte ich ein sehr schlechtes Gefühl. Nicht, dass ich davon überzeugt war, dass Aiden schuldig war, aber seine Vergangenheit verhieß nichts Gutes. Das war bei Millie anders. Sie war sicher, dass es sich um ein großes Missverständnis handeln musste.

Sie schaffte es, die Anwältin davon zu überreden, Aiden sehen zu dürfen. Er wurde ins Zimmer gebracht. Et starrte auf den Boden, während Millie auf ihn einredete. Irgendwann sah er auf. Sein Blick war voller Schmerz, Schuldgefühlen, Resignation und Angst...

Ella stand auf. Sie hatte Mühe, sich auf den Beinen zu halten und setzte sich wieder. Es ging ihr nicht gut. Ihr Kreislauf spielte verrückt, doch wenn sie liegen bleiben würde, würde es nicht besser werden. Sie musste sich ablenken, etwas tun, damit ihre Scham, ihre Wut und das Brennen in ihrem Körper vorübergehen würden.

Dennoch fragte sie Rose: „Warum ist er auf freiem Fuß?"

„Er wurde in der ersten Verhandlung schuldig gesprochen und für drei Jahre inhaftiert. Vor zwei Jahren wurde der Berufung stattgegeben und die Geschworenen haben ihn unter einer Bewährungsauflage freigesprochen. Die Beweislage war einfach nicht eindeutig genug, um ihn lebenslang hinter Gittern zu lassen. Es war ein Indizienprozess."

Ella lachte gequält. Das machte die Sache nicht besser. Im Gegenteil.

15

Ein roter Van liegt auf der Seite...überall ist Qualm und Feuer...viele Menschen laufen um den Wagen herum, schreien...sie ziehen eine junge Frau aus dem Wagen, blutüberströmt...sie ist klein, hat braunes, langes Haar, welches in dicken Strähnen über ihrem Gesicht hängt...das Gesicht, ich kenne es...das bin ich! Ich sehe mich da liegen und spüre trotzdem meinen verletzten Körper neben dem Wagen...da ist ein Mann mit einem Basecap und dunkler Brille...er kommt auf mich zu...er geht an mir vorbei...aber ich spüre ihn ...er ergreift mich...zieht mich zu sich...er beginnt, mich ganz langsam zu küssen...es ist wunderbar, vertraut, angenehm...seine Küsse werden fordernder...das Gefühl ist berauschend...ich möchte nicht, dass es jemals aufhört...plötzlich steht er auf und lacht...er lacht so laut, dass ich mir die Ohren zuhalten muss...ich schaue mich um, es ist niemand mehr da, das brennende Auto ist verschwunden...doch dieser Mann nicht...er beugt sich wieder über mich...er lacht und reißt sich die Brille und das Basecap herunter... Aiden!

Er ist mit einem Mal verschwunden...es regnet, ich schaue nach oben...eine große Eisenstange kommt in *hoher Geschwindigkeit auf mich zu, ich habe keine Chance zu entkommen…*

Ella schreckte auf. Sie musste eingeschlafen gewesen sein, denn als sie die Augen aufschlug, lag sie wieder auf dem Sofa. Es war dunkel geworden und sie hörte Stimmen auf der Veranda. Als sie sich aufsetzte, sah sie Rose und July miteinander reden. Die Gedankenfetzen schwirrten noch immer in ihrem Kopf herum. Sie versuchte, sie abzuschütteln, aber es war ihr nicht möglich. War es wirklich Aiden gewesen, den sie mit Basecap und Sonnenbrille in der Kirche gesehen hatte und in der Mall? Oder spielten ihre Gedanken verrückt?

Langsam stand sie auf. Sie musste sich beruhigen. Es konnte ihr nichts passieren. Sie hatten Aiden festgenommen, er würde im Gefängnis bleiben…für eine Tat, die er diesmal nicht begangen hatte… sie hatten den Mann festgenommen, auf den sie sich gedankenlos eingelassen hatte…

„Wie geht es dir?", fragte July betroffen und strich ihr über den Arm, als sie sich zu den Frauen auf die Veranda setzte.

Ella schüttelte den Kopf.

„So viele Dinge erschließen sich mir nicht. Ich verstehe nicht, was heute passiert ist…"

„Meine Kleine, es tut mir alles so leid. Warum du ausgerechnet auf Aiden treffen musstest…dabei hatte ich dich vor ihm gewarnt…", Rose versuchte, Ella mit einem spitzbübischen Lächeln aufzumuntern, obwohl es wohl in dieser Situation nicht ganz angebracht war.

Ella sah sie verwundert an.

„Gewarnt?", fragte sie nach.

„In der Kirche, erinnerst du dich. Der Mann mit Sonnenbrille…"

„..und Basecap!" ergänzte Ella resignierend.

Rose nickte.

„Ja, das war Aiden. Wie hast du ihn eigentlich kennengelernt?"

Rose sah Ella fragend an. Die schüttelte den Kopf. Sie wollte nicht darüber nachdenken, ob ihr Treffen vielleicht genau so von ihm geplant war, wie die plötzlich herabstürzende Blumenampel, die sie wirklich hätte schwer verletzen können, sein Angebot, ihr im Haus zu helfen, seine unglaubliche Ausstrahlung, mit der er sie gefangen genommen und verführt hatte…war das alles nur eine einzige Lüge? Doch zu welchem Zweck? Es machte Ella zu schaffen, darüber zu grübeln, obwohl sie sich bemühte, es nicht zu tun.

„Aiden kam hier vorbei und stellte sich vor. Er wollte nach dem Rechten sehen, da jemand im Haus war. Wir stellten uns vor und dann ging er wieder. Ich mochte ihn nicht besonders. Zumindest zu Beginn...am Abend gab es einen Sturm und als ich auf der Veranda nachsah, ob alles in Ordnung war, stürzte plötzlich die Blumenampel auf mich herab. Ich wurde nur leicht verletzt, aber offensichtlich war Aiden sofort zur Stelle und hat sich um mich gekümmert. Naja, im Laufe der nächsten Tage kamen wir uns näher und...“

„Und?“, fragte Rose sofort nach.

„Ich möchte nicht wirklich darüber reden. Gerade stelle ich alles infrage...“

„Die Blumenampel ist auf dich gestürzt? Habe ich das richtig verstanden?“ Rose klang sehr aufgebracht.

„Ja...“, antwortete Ella knapp.

„Um Himmels Willen! Ich möchte ihm zwar nichts unterstellen, aber...“ Sie senkte den Kopf.

Ella atmete tief ein.

„Ich weiß nicht, was ihr denkt, aber ich würde auf den Schreck dieses Tages gerne noch etwas trinken!" July versuchte, die Stimmung etwas zu heben. Rose lehnte dankend ab, da es für sie schon sehr spät geworden war. Ella zuckte mit den Schultern. Vielleicht wäre es eine gute Idee, sich zu betrinken, um alles vergessen zu können…zumindest für diese eine Nacht.

July ging um Ellas Stuhl herum, nahm sie in den Arm und legte ihren Kopf auf die Schulter ihrer Freundin. Mit einer solch absurden Situation hätte July nicht gerechnet, als sie Aiden das erste Mal gesehen und versucht hatte, ihn mit Ella zu verkuppeln. Es war einfach unbegreiflich. Natürlich hatte sie damals von diesem Vorfall, dem Mord, gehört, doch hatte sie natürlich absolut keinen Bezug zu diesem Mann. Sie hatte erst von Rose die ganze Geschichte gehört und erkannte auch jetzt eine Verbindung zu dem kleinen Jungen, den sie vor vielen Jahren unter dem Boot entdeckt hatten…

July gab Ella einen Kuss auf die Wange und ging hinein. Rose schickte sich an aufzubrechen.

„Kann ich dich jetzt wirklich mit July allein lassen?"

„Natürlich", antwortete Ella sofort. „Es kann doch nichts mehr passieren. Aiden wurde verhaftet, wenn auch diesmal völlig grundlos. Aber das tut nichts mehr zur Sache."

Ein plötzlicher Aufschrei riss die beiden aus ihrem Gespräch. Eine Flasche war zu Boden gefallen. Unverzüglich rannten die Frauen ins Haus.

July stand wie angewurzelt da. Sie zeigte verstört auf die hintere Verandatür und auch die anderen Frauen erschraken augenblicklich! Im schwachen Licht der Küchenlampe sah man die Umrisse einer stark blutenden Person, die die Frauen anstarrte. Sie sah aus wie ein Zombie aus einem schlechten Horrorfilm und ließ den Frauen das Blut in den Adern gefrieren.

„Olivia?", brachte Ella stockend heraus.

Sie war es!

Und sie stand wie versteinert vor der Tür, leicht schwankend, ihre Handtasche fest umklammernd. Ella öffnete schnell die Tür und zog sie hinein. Olivia sank zu Boden. Zu den bereits getrockneten Blutflecken auf ihrer Kleidung schienen neue hinzugekommen zu sein. Eine Schnittwunde über ihrem Auge blutete noch, ihr Hals wies Würgemale auf...

„Ich rufe einen Notarzt!", sagte July, als sie sich wieder ein wenig beruhigt hatte.

„Nein! Nein, bitte nicht...", flüsterte Olivia kaum hörbar. Rose hatte sich ebenfalls zu ihr hinunter gebeugt und versuchte sie aufzusetzen.

„Du brauchst Hilfe, du bist schwer verletzt..."

„Nein!", wies Olivia die Aussagen sofort zurück. Ihre Stimme klang jetzt etwas stärker.

„Lasst sie uns erst einmal hinlegen", sagte July. Sie brachten sie ins Wohnzimmer. Ella holte etwas Wasser, um Olivia notdürftig zu säubern und die Wunde zu versorgen.

„Was ist passiert?", fragte sie leise.

Olivia schwieg. Sie hielt die Augen geschlossen. Doch als Rose versuchte, ihr die Tasche abzunehmen, um sie etwas zuzudecken, riss sie die Augen auf. Ihr Blick war leer. Sie sah an die Decke und hielt die Tasche mit all ihrer verbliebenen Kraft vehement fest.

Die Frauen sahen sich verwundert an.

„Bitte, lass uns dir helfen, Olivia, sag uns, was geschehen ist. Wo ist Dean? Hat er dir das angetan?" Ella ließ nicht locker. Das Adrenalin in ihrem Körper ließ sie alles bisher Geschehene vergessen und sich nur noch auf ihre verletzte Freundin konzentrieren.

Olivia schüttelte leicht den Kopf und schloss die Augen wieder. Es schien zwecklos, in diesem Moment mit ihr reden zu können. Sie lag da, als würde sie einfach ihren Frieden haben wollen, ihre verdiente Ruhe nach diesem Tag, der bereits so schrecklich begonnen hatte.

Die Freundinnen und Rose setzten sich ihr gegenüber. Sie kamen sich machtlos vor. Sie konnten sie doch nicht einfach so liegen lassen, sie musste dringend versorgt werden. Olivias Atmung wurde ruhiger. Offenbar schlief sie ein. Dennoch hatten die Frauen keine Ruhe. Immer wieder beugten sie sich über sie, fühlten ihren Puls und strichen ihr beruhigend über die Hände. Nach einer Weile beschlossen sie, das Licht zu löschen und sie schlafen zu lassen.

Ella ließ sie dennoch nicht aus den Augen, als die drei Frauen wieder auf der Veranda waren.

„Wir können sie doch nicht einfach so liegen lassen! Sie muss ins Krankenhaus! Unbedingt! Und was ist mit dem Irren? Was, wenn Dean hier irgendwo ist? Wir müssen einen Krankenwagen und die Polizei rufen!" Julys Worte überschlugen sich. Sie lief aufgeregt hin und her.

Die beiden anderen nickten zustimmend. Ella zog ihr Handy aus der Hosentasche. 16 Anrufe in Abwesenheit von Mike und ihren Eltern…aber darum konnte sie sich jetzt nicht kümmern. Sie wählte den Notruf, doch in diesem Moment fuhr ein Polizeiwagen vor.

„Wie…?" Ella sah ihr Freundinnen erstaunt an.

Die Beamten stiegen aus dem Wagen. Einer kam auf Ella zu. Es war der Polizist, der bereits am Vormittag hier gewesen war. „Miss Baker, richtig? Ist Olivia Charter bei Ihnen?"

Ella nickte.

„Ja, sie ist hier. Sie schläft. Sie braucht Hilfe, sie ist verletzt, ich wollte gerade den Notruf wählen. Wissen Sie, nicht Aiden Huntington hat ihr das heute Vormittag angetan, es war ihr Mann!"

„Immer langsam, Miss Baker." Der Polizist versuchte, Ella etwas zu beruhigen.

„Es gibt neue Ereignisse, die möglicherweise mit denen von heute Morgen zusammenhängen!", sagte der Beamte ruhig. „Sie ist wirklich hier?"

„Ja…ja, sie kam ungefähr vor einer Stunde hier an und hat uns einen ziemlichen Schrecken eingejagt. Sie liegt auf dem Sofa, aber bitte sagen Sie uns doch, was passiert ist? Wo ist Dean?"

Der Polizist schaute durch die Verandatür und sah Olivia schlafend auf der Couch liegen.

„Ungefähr 20 Meilen von hier entfernt ist vor ein paar Stunden der Wagen der Charters gefunden worden. Er ist kurz vor St. George vom Highway abgekommen und einen Steilhang hinuntergestürzt. Dean Charter konnte geborgen werden, aber von Olivia Charter fehlte bisher jede Spur." Der Polizist sah seinen Kollegen an.

„Ist er tot? Ist Dean tot?" Julys Stimme zitterte merklich.

„Ja, Mam, ist er. Es tut mir leid. Aber nach ersten Ermittlungen ist er nicht an den Folgen des Unfalls verstorben…"

„Sie ist weg! Olivia ist weg!", rief Rose plötzlich und unterbrach den Polizisten.

Sofort rannte die kleine Frau ins Wohnzimmer und anschließend in die Küche. „Mam, nicht!", riefen die Beamten hinterher und folgten ihr. Auch July und Ella rannten ins Haus.

Ein dumpfer Schlag war zu hören… das Geräusch war aus der Küche gekommen…das Szenario, welches sich den Anwesenden bot, war so unwirklich wie unfassbar!

16

„Ich möchte, dass ihr alle mir jetzt genau zuhört!"

Olivia stand mit gezogener Waffe vor ihnen, Rose lag neben ihr bewusstlos auf dem Boden.

Die Polizisten zogen ebenfalls ihre Waffe und forderten Olivia auf, ihre Waffe sofort fallen zu lassen. In diesem Moment riss sie Ella zu sich und hielt ihr die Pistole direkt an die Schläfe. Sie wies alle an, sich im Wohnzimmer hinzusetzten und schob Ella dabei vor sich her. Die Beamten hatten keine Chance zu schießen, ohne Ella zu treffen.

„Sie legen sofort die Waffen weg, sonst ist die Modeprinzessin hier tot! Und glauben Sie mir, darauf kommt es überhaupt nicht mehr an!" Olivias feste und entschlossene Stimme dröhnte in Ellas Kopf. Sie wurde von Olivia auf einen Stuhl gestoßen. Olivia stellte sich hinter sie, die Waffe noch immer auf Ella gerichtet. Sie hatte alle im Blick…

„Als meine sogenannten Freundinnen hier zu studieren begannen, bin ich in Summerville geblieben. Zuerst dachte ich, dass es bestimmt nicht so schlimm wäre, allein zu sein und vor allem musste ich weg von meinem Vater. Ich zog also ebenfalls aus und begann meine Ausbildung im Krankenhaus. Ich war auf so vielen Partys, um neue Freunde zu finden, aber es war wirklich schwierig. Ich begann, Millie wieder öfter zu besuchen. Immer, wenn ich Zeit hatte, fuhr ich zu ihr, um ihr zu helfen und sie zu unterstützen und ich lernte Aiden kennen. Wir verstanden uns sehr gut, wir redeten über viele Dinge, er erzählte mir aus seiner Kindheit und Jugend und wie glücklich er war, in Millie seine Familie gefunden zu haben. Ich habe mich Hals über Kopf in ihn verliebt, konnte es ihm aber nicht sagen. Ich war einfach zu schüchtern und wollte unsere Freundschaft nicht gefährden. Wir sahen uns fast jedes Wochenende, verbrachten viel Zeit miteinander und mit Millie. Während seines Studiums wurden unsere Treffen seltener. Als ich eines Tages bei Millie war, kam Aiden unerwartet nach Hause. Aber er war nicht allein, Nancy war bei ihm und er stellte sie uns als seine Freundin vor. Ich habe mir nichts anmerken lassen, aber er hatte mir damit das Herz gebrochen. Ich kam mir so schäbig vor, ausgenutzt und dieses blonde Model kam einfach in sein Leben und nahm ihn mir weg! Das konnte ich mir nicht gefallen lassen, aber das Schicksal spielte mir in die Hände. Ich hatte inzwischen Dean kennengelernt und meine Ausbildung als Beste abgeschlossen. Ich entschied mich, mit Dean

*zusammenzubleiben, auch wenn ich mich überhaupt
nicht zu ihm hingezogen fühlte. Ich wollte nur Aiden!"*

Olivias Stimme begann zu zittern. Sie versuchte, sich zu sammeln und sprach mit fester Stimme weiter:

*„Zu Beginn bemühte sich Dean und ich ging darauf
ein, mit ihm die Bar zu eröffnen. Als es dann schlimmer
wurde und er zu trinken begann, wurde die Situation
unerträglich für mich. Er schlug mich nicht nur,
sondern vergewaltigte mich auch immer wieder, wenn
er betrunken war. Ich hielt es kaum noch aus. Ich fuhr
zu Millie, hatte vor, mit ihr über alles zu reden. Aber
dazu kam es nicht. Aiden und Nancy waren da. Ich
erfuhr von ihren Problemen, Kinder zu bekommen. Als
ich später mit Aiden allein war, erzählte er mir, dass er
eigentlich kein Kind haben möchte, sich aber habe
überreden lassen. Ich nutzte meine Chance und gestand
ihm, dass ich ihn seit unserem ersten Treffen lieben
würde. Nancy war einfach nicht die Richtige für ihn, er
brauchte jemanden, der ihn verstand und auf ihn
einging, er brauchte mich! Aiden sah mich lange an,
sagte aber nichts. Ich begann ihm davon zu erzählen,
wie Dean mich behandelte, erklärte ihm, wie schlecht
es mir ohne ihn ging. Ich war mir sicher, dass der*

richtige Zeitpunkt gekommen war, endlich mit ihm zusammen zu sein. Doch Aiden stand irgendwann auf, nahm mich kurz in den Arm und erklärte mir, dass ich Dean verlassen musste, ihn anzeigen sollte und dann ein neues Leben beginnen könnte. Ich wäre für ihn jedoch nicht mehr als eine gute Freundin und er wäre immer für mich da. So ein Mistkerl! Ich hatte mich ihm geöffnet und er hatte mir das Herz herausgerissen und darauf herumgetrampelt! Ich gab trotz meines Schmerzes vor, ihn zu verstehen und entschuldigte mich für meine Ehrlichkeit, und ich bot ihm meine Unterstützung bezüglich Nancys Behandlung an. Er nahm sie dankend an. Als er dann wenig später mit Nancy ging, stand der Entschluss für mich fest, er würde mir gehören! Dafür würde ich sorgen!

Es war nicht schwer, an Nancys Wagen heranzukommen, als ich sie wenige Tage später zur Behandlung im Krankenhaus sah. Ich teilte mich ihrer Behandlung zu, schließlich vertraute sie mir als guter Freundin ihres Mannes und als sie ging, gab ich ihr ein morphinhaltiges Medikament mit. Ich sagte ihr, dass es zur Beruhigung und Schmerzlinderung sei und sie solle es großzügig einnehmen. Ich musste sichergehen!

Scheinbar hatte sich das Schicksal etwas Zeit gelassen, denn erst eine Woche später wurde sie nach ihrem tödlichen Unfall ins Krankenhaus gebracht. Es war vollbracht! Eine Genugtuung für mich! Jetzt war der Weg zu Aiden frei. Ich hatte damit gerechnet, dass herausgefunden werden würde, dass die Bremsleitung manipuliert war und sie Aiden dafür zur Rechenschaft ziehen würden. Als er verhaftet wurde, war das die Gelegenheit, mich um ihn zu kümmern. Das Schicksal hatte uns endlich zusammengebracht! Sobald es zugelassen wurde, besuchte ich ihn täglich. Auch wenn er nicht mit mir sprach und absolut in sich gekehrt war, war ich mir sicher, dass unsere gemeinsame Zeit begonnen hatte. Als ich eines Tages zu ihm kam und ihm erzählte, dass ich ein Kind erwartet hatte und ich es aufgrund von Deans gewalttätigem Wutausbruch verloren hatte, sah er mich das erste Mal an. Er hatte Tränen in den Augen. Ich bat ihn, nicht zu weinen, da ich dieses Kind nie gewollt hatte, aber er sagte immer wieder, dass er nur allen, die er liebt, Unglück bringen würde. Wenn ich weiter zu ihm halten würde, würde es auch mir niemals gutgehen. Aber das stimmte nicht! Er hatte mir kein Unglück gebracht, im Gegenteil, er hatte mich sehr glücklich gemacht! Er liebte mich!

Als er nach seiner Berufung vor Gericht nach zwei Jahren endlich entlassen wurde, hätte unser gemeinsames Leben beginnen können. Ich wollte Dean verlassen, wollte zu Aiden ziehen…aber der lehnte mich erneut ab. Er ließ niemanden an sich heran. Auch mich nicht! Dabei hätte ich alles für ihn getan. Er hätte es nur verstehen müssen, dass wir füreinander bestimmt waren! Aber Aiden wollte nach wie vor nur meine Freundschaft und das nach allem, was ich für ihn getan hatte!"

Olivia hatte sich auf die Stuhllehne gesetzt, ohne die Waffe von Ellas Kopf zu nehmen.

Ella spürte förmlich ihren schnellen Herzschlag und Olivias Atem in ihrem Gesicht, als sie sich zu ihr umdrehte. Ihr höhnisches Grinsen machte ihr Angst. Sie blickte in die Augen einer Frau, die sie nie zuvor gesehen hatte. Von ihrer besten Freundin Olivia war nichts mehr übrig. Ihre Stimme wurde immer bedrohlicher:

„Und dann kommt die Fashion Queen Ella aus New York zurück in die Heimat und schnappt mir meinen Mann weg? Das ist doch lächerlich! Und ich kann das nicht zulassen! Hast du denn nicht schon alles in deinem Leben? Du hattest eine wundervolle Kindheit, Eltern, die dich über alles lieben und ein Leben in der High Society? Findest du das etwa gerecht? Musst du mir auch noch Aiden wegnehmen? Und du, July? Findest du es mir gegenüber nicht vielleicht ein bisschen übertrieben, mit deinem wundervollen Mann, deinen göttlichen Kindern und deinem so perfekten Leben anzugeben, besonders, wenn du in der Bar bist und mir das alles immer wieder vor die Nase hältst? Ich glaube, ihr seid so sehr mit eurer perfekten Welt beschäftigt, dass ihr nie wieder ernsthaft darüber nachgedacht habt, wie es eurer ehemals besten Freundin wirklich gehen könnte. Also nein, ich habe

euch angelogen, ich freue mich keinesfalls für euch, ich bin nicht stolz auf euch, denn ich habe nicht einmal einen Bruchteil von dem, was ihr habt, auch nur für einen Moment genießen können! Keine Liebe, nur Gewalt! Ich habe es fast geschafft, in meinem Leben aufzuräumen. Alle, die für meine Schwierigkeiten verantwortlich sind, sind entweder tot oder im Gefängnis. Mein Vater ist tot, Nancy ist tot, Aiden sitzt wieder hinter Gittern, weil er noch immer nicht eingesehen hat, dass ich die Frau an seiner Seite sein sollte und nicht Du, die glanzvolle Ella Baker! Auch von Dean, diesem Scheißkerl, habe ich mich endlich befreit und ich muss sagen, es fühlt sich gut an! Jetzt bleibt mir nur noch, meine verlogene Freundschaft mit euch zu beenden, da ja Millies alte Blumenampel ihren Zweck nicht ganz erfüllt hat, nicht wahr, meine liebe Ella…?"

Olivia starrte abwechselnd July und Ella an Einer der Beamten war im Begriff aufzustehen, um an seine Waffe zu kommen. Doch Olivia herrschte ihn sofort an, sich sofort wieder zu setzten. Mit einem kräftigen Ruck riss sie Ella vom Stuhl und bedeutete July, zu ihr zu kommen. Die beiden mussten sich vor Olivia stellen und sie ansehen. Gott, was hatte sie vor? Wollte sie ihre Freundinnen etwa hier und jetzt hinrichten?

213

Olivia schloss für einen Moment die Augen, während ihre Waffe weiter auf die Frauen gerichtet war…

Wie hatte es nur soweit kommen können? Stehe ich tatsächlich hier, vor meinen Freundinnen, eine Waffe auf sie gerichtet? Mein Leben war erträglich, als wir noch Kinder waren. Es war wirklich traumhaft schön, als wir Teenager waren…ich habe mich immer auf sie verlassen können, sie waren bei mir, wann immer ich sie gebraucht habe, aber ich habe ihnen nie die ganze Wahrheit gesagt. Erst heute…erst in den letzten Tagen…ich kann sie nicht dafür verantwortlich machen, dass mein Leben so anders verlaufen ist, als ich es mir gewünscht habe. Oder doch? Warum war mir nie vergönnt, einen Vater zu haben, der mich liebt und beschützt? Warum hat mir mein Vater nur immer wieder zu verstehen gegeben, dass er mich nicht haben will, mich den Unmut über sein eigenes, alkoholabhängiges und verkorkstes Leben spüren lassen? Warum hat er an mir ausgelassen, wie unglücklich er selbst war? Ich wollte, genau wie Aiden, niemals sein wie mein Vater, niemals so enden wie er, niemals gewalttätig werden, um mich von der dunklen Seite meiner Seele zu befreien…und jetzt? Stehe ich nicht in diesem Moment genau an diesem Abgrund? Nein, nicht erst in diesem Moment…schon, als Dean begonnen hat, mich zu behandeln, wie es mein Vater getan hat...schon, als Aiden mich von sich geschoben hat, obwohl ich jahrelang an seiner Seite war...ich wurde mein Leben lang verletzt, habe mich nicht gewehrt...doch jetzt habe ich es getan! Ich bin gesprungen, obwohl ich das nie gewollt habe...in den Abgrund, der mir die schrecklichsten Dinge in meinem Sein vor Augen führt...an dem ich niemals hätte stehen und mich hinunterziehen lassen sollen...Ich habe mich allem gestellt, habe es den Menschen, die mich als minderwertig angesehen haben, heimgezahlt...doch ich fühle nach wie vor diese unbeschreibliche Leere in mir. Es geht mir nicht besser, das erhoffte Gefühl der Erleichterung ist nicht eingetreten.

Bin ich jetzt, nachdem ich mich von allem, was mir im Weg gestanden hat, befreit habe, endlich glücklich? Es fühlt sich nicht so an...ich spüre nichts...nichts anderes als zuvor... Ich weiß nicht, wie sich Glück anfühlt...was heißt es, glücklich zu sein? Ist es wirklich so schwer? Warum empfinde ich nichts? Warum geht es mir nicht gut? Besser als bisher? War es vielleicht falsch, was ich getan habe? Ist es auch falsch, was ich im Begriff bin, gerade zu tun? Sind July und Ella wirklich für mein Unglück und meinen Seelenschmerz verantwortlich? Habe ich eine Wahl?

Olivia öffnete ihre Augen und sah in die ängstlichen Gesichter ihrer beiden Freundinnen. Sie war in Gedanken, schaute durch die beiden hindurch und fasste einen Entschluss…Es gab kein Zurück mehr…

Olivia bekam nicht mit, was hinter ihrem Rücken vor sich ging.

Sekundenbruchteile später war ein dumpfer, hohler Schlag zu hören…Rose war offenbar zu sich gekommen…sie hielt in beiden Händen eine gusseiserne Pfanne, mit der sie ohne Überlegung zuschlug, so fest sie nur konnte…

Olivia sackte augenblicklich zusammen…ein Schuss löste sich aus der Waffe in ihrer Hand…und dann war alles still…

Ella schloss die Augen, sie fühlte, wie sie von einer tiefschwarzen Spirale nach unten gezogen wurde und dann spürte sie nichts mehr. Sie sank leblos zu Boden…und eine unbeschreiblich friedliche Stille breitete sich in ihrem Körper aus.

Richard erhielt den Anruf, als er im Begriff war, mit Grace das Flugzeug nach Paris zu besteigen.

Er hielt den Atem an, wurde kreidebleich und stützte sich an seiner Frau ab. Grace bekam nur Bruchstücke des Gespräches mit. Als er auflegte, sah er in die entsetzten und fragenden Augen seiner Frau.

„Ella…sie wurde angeschossen…im Landhaus…sie ist schwer verletzt…"

Ella war ins Rober Hospital nach Charlston gebracht worden. Als Richard und Grace wenige Stunden später dort ankamen, fanden sie ihre Tochter auf der Intensivstation. Ihr zierlicher Körper war an Maschinen angeschlossen, ihr Gesicht war fahl…Grace brach beim Anblick ihrer Tochter in Tränen aus. Sie ließ sich von Richard, der von Minute zu Minute wütender wurde, kaum beruhigen. Endlichkam endlich ein Arzt auf die beiden zu.

„Sie sind Mr. und Mrs. Baker, die Eltern unserer Patientin?" Die beiden nickten. „Wie geht es ihr? Was ist genau passiert?" Richards Worte überschlugen sich.

Der junge Arzt setzte sich zu ihnen und erklärte, dass Ella durch einen Schuss in den Oberbauch verletzt worden war. Sie habe Glück gehabt, dass keine lebenswichtigen Organe verletzt worden waren. Die Kugel sei unterhalb des Rippenbogens eingedrungen und konnte durch eine Notoperation entfernt werden.

Trotzdem habe sie viel Blut verloren, weswegen sie noch auf der Intensivstation beobachtet werden müsse.

Grace schluchzte. „Sie wird als wieder gesund?"

„Ja, Mam, da bin ich mir ganz sicher. Es wird nur eine Weile dauern, bis diese kleine Lady wieder ganz die Alte ist. Sie ist sehr zäh, aber das wissen Sie sicher." Der Arzt lächelte beruhigend und entlockte damit auch Grace ein erleichtertes Lächeln. „Ich danke Ihnen. Vielen herzlichen Dank!"

Richard war aufgestanden und lief im Gang hin und her. Er war unruhig und schaute immer wieder durch das Fenster in das Zimmer seiner Tochter.

„Wir hätten mit ihr reden sollen! Ich hätte sie warnen müssen! Als sie uns nach diesem Bastard gefragt hat, hätten wir mit ihr reden müssen, verdammt! Wir wussten doch, dass er sich wieder ganz in der Nähe des Landhauses aufhält! Ich traue ihm nicht, das habe ich noch nie, auch wenn die Geschworenen ihn freigesprochen haben. Aus Mangel an Beweisen, ha, dass ich nicht lache! Ist das nicht Beweis genug, was für ein Monster dieser Kerl ist!" Richard war außer sich.

„Bitte beruhige dich! Du weißt doch gar nicht, was genau passiert ist, wer auf sie geschossen hat. Ich verstehe dich ja, sie ist dein kleines Mädchen und du hast dir auch damals schon immer Sorgen wegen des Jungen gemacht, aber vielleicht verurteilst du ihn nur aufgrund seines Vaters." Damit hatte Grace wieder einen wunden Punkt getroffen. Als Ella vor wenigen Tagen mit Millies Kiste bei ihnen aufgetaucht war und sie auf Max angesprochen hatte, waren sie sich einig gewesen, nicht darüber mit Ella zu sprechen. Je weniger sie wusste, desto besser war es für sie. Aber als sie bei ihrer Verabschiedung angedeutet hatte, mit Rose gesprochen zu haben, war Grace klar gewesen, dass auch sie sich hätten positionieren müssen. Es wäre nur fair gegenüber Ella gewesen, ihr die Wahrheit zu sagen. Doch sie hatten darauf vertraut, dass weiterhin alles gut gehen und sie diesem Mann nicht über den Weg laufen würde. Wenn Grace ehrlich war, konnte sie sich auch absolut nicht vorstellen, aus welchem Grund dieser Kerl Ella etwas antun sollte, sie kannten sich nicht, es ergab keinen Sinn.

Richard sah das offenbar anders. Für ihn stand der Täter fest.

„Maxwell Shepard hat uns das Leben zur Hölle gemacht, unsere Familie angegriffen und mich fast ruiniert, Grace. Und jetzt, da er schon so viele Jahre hinter Gittern sitzt, übernimmt diese Aufgabe sein Sohn! Er ist wie er! Er ist ein Mörder wie sein Vater und ich habe jeden Grund, die Entscheidung des Gerichts anzuzweifeln! Ich habe nie das in dem Jungen gesehen, was Millie gesehen hat, und das völlig zu Recht!"

Grace verstand ihn, obwohl sie seine Meinung nicht ganz teilte. Jemanden zu verurteilen, weil sein Vater ein Unmensch war, war in ihren Augen ungerecht.

„Richard, das Wichtigste ist, dass Ella wieder gesund wird. Wir müssen für sie da sein. Du kannst sie noch immer beschützen, aber nur dann, wenn du dich nicht von Wut leiten lässt. Sie braucht uns jetzt!"

Richards Augen füllten sich mit Tränen und er setzte sich zu seiner Frau. Sie nahm ihn in den Arm und langsam wurde er wieder ruhiger. Er konnte das alles nicht noch einmal durchleben, die Angst, seine Familie zu verlieren, die Erkenntnis, sich in jemandem getäuscht zu haben, der wie ein Bruder für ihn gewesen war…

17

Ein schmerzhaftes Stechen holte Ella ins Bewusstsein zurück. Die Dunkelheit löste sich langsam auf und je mehr sie durch ein undurchsichtiges Grau abgelöst wurde, desto mehr spürte sie ihren verletzten Körper. Es ging so schnell und sie wünschte sich zurück in diese Dunkelheit, die sie nichts hatte spüren lassen. Mit den Schmerzen kamen wirre Gedankenfetzen, die sie nicht einzuordnen vermochte und die kein Bild ergaben. Gesichter, laute Schreie, ein Schuss…Aiden. Der Gedanke an ihn manifestierte sich in ihrem Bewusstsein, verbunden mit einem Gefühl von Traurigkeit und Hilflosigkeit…

Ein lautes Piepen riss Ella endgültig aus ihren Gedanken. Eine junge Frau stand plötzlich über ihr, redete mit ihr…Umrisse bekannter Gesichtszüge waren im Schein einer hellen Lampe zu sehen…

Als Ella die Augen öffnete, erkannte sie ihre Mutter. Sie hörte die Stimme ihres Vaters, als sie die Augen wieder schloss. Ihr Kopf tat weh und Ella versuchte, ihn mit der Hand zu berühren. Doch sie konnte sich kaum bewegen und spürte, wie sich der Schmerz allmählich in ihrem ganzen Körper ausbreitete. Sie hörte eine fremde Stimme. Es musste diese junge Frau sein, die sie nicht kannte: „Es wird ihr sofort besser gehen…"

Kurze Zeit später ging es Ella tatsächlich etwas besser. Sie bemerkte bewusst, dass sie in einem Bett lag und sah sich um.

„Ich bin im Krankenhaus? Warum bin ich hier?" Sie sah ihre Eltern fragend an. Grace herzte sie unter Tränen und Richard nahm ihre Hand.

„Du wurdest vor ein paar Tagen angeschossen, mehr wissen wir noch nicht." Richard bemühte sich, seine Fassung zu bewahren. Ella sah ihren Vater ungläubig an.

„Wir haben noch nicht mit der Polizei gesprochen, aber ich glaube zu wissen, wer dir das angetan hat!" Noch immer verstand sie nicht und auch nicht, warum ihre Mutter versuchte, Richard vom Reden abzuhalten.

„Bitte, Richard, Ella ist gerade aufgewacht. Sie braucht Ruhe. Wir sollten erst mit der Polizei reden, um zu erfahren, was tatsächlich im Landhaus geschehen ist." Grace sah besorgt aus und ließ ihre Tochter nicht aus den Augen.

„Nein, Mum, bitte! Es geht mir gut. Was meinst du, Dad?"

Richard senkte den Kopf und schwieg. Ella bemühte sich, einen klaren Gedanken zu fassen. Millies

Landhaus…July, Olivia, Rose…Gott, Olivia…nach und nach kam die Erinnerung zurück.

„Aiden…", sagte sie unvermittelt. Sie bemerkte den schockierten Blick ihrer Eltern nicht, während sie versuchte, die Schatten über ihren Erinnerungen beiseite zu schieben. Es war noch alles verschwommen und unklar, doch langsam erinnerte sie sich. Ein schmerzliches Gefühl der Enttäuschung übermannte sie, als ihr Olivia in den Sinn kam…und sie spürte tiefe Verbundenheit und Zuneigung zu diesem Mann, dessen trauriges Gesicht sich langsam in ihre Gedanken schob.

„Aiden…" Ella sah auf. Richard starrte sie an.

„Ich wusste es!", platzte er plötzlich heraus. „Woher kennst du diesen Kerl?" Ihr Vater war wütend und Ella wusste nicht, was sie antworten sollte. Warum reagierte er so?

„Ich weiß es im Moment nicht ganz genau…wir trafen uns am Landhaus, er wollte nach dem Rechten sehen… er kannte Millie und dann war der Vorfall mit der Blumenampel…" Ella hielt kurz inne. Sie sah aus dem Fenster.

„Ella, Schatz, ich muss dir einiges erzählen und ich weiß, wir hätten es schon früher tun sollen. Als du uns mit Millies Erinnerungsstücken und diesem Max konfrontiert hast, hätten wir dich schon warnen sollen. Ich war einfach zu leichtfertig. Ich wollte dich nicht beunruhigen, aber ich hätte wissen müssen, dass du ihm begegnen könntest, wenn du allein im Landhaus bleibst. Es tut mir so leid, dass er dir das angetan hat. Ich kann nur hoffen, dass er jetzt bis an sein Lebensende im Gefängnis bleibt!"

Es war nicht möglich, ihn wieder zu beruhigen. Richard war aufgestanden und lief zum Fenster.

„Dad?"

Richard hörte sie nicht. Als er sich ihr wieder zuwandte, sah sie ihn noch einmal.

„Dad, ich glaube, du…" Weiter kam Ella nicht.

„Nein, bitte, hör mir zu…"

„*Es ist ungefähr 30 Jahre her, als Maxwell Shepard in meiner Firma anfing. Er war ein guter Mann und ein hervorragender Tischler. Mein Geschäftspartner und ich waren wirklich überzeugt von ihm und er verdiente gutes Geld bei uns. Nach und nach freundeten wir uns an und obwohl ich nicht viel aus seinem Privatleben wusste, verbrachte ich viel Zeit mit ihm. Er war oft bei uns zu Besuch. Wir hatten ähnliche Interessen, redeten oft stundenlang über unsere Arbeit und unsere Hobbys. Er war wie ein Bruder für mich geworden. Ich mochte in sehr.*

Ungefähr zwei Jahre später, Max war am Abend noch auf ein Bier bei uns vorbeigekommen, bemerkte deine Mutter, dass nach seinem Besuch ihre Halskette fehlte. Ich dachte nicht darüber nach, ob es einen Zusammenhang geben könnte. Doch als in den darauffolgenden Wochen immer wieder wertvolle Dinge aus unserem Haus verschwanden, wurde ich hellhörig. Das Verschwinden stand nicht unbedingt immer im Zusammenhang mit Besuchen von Max, deshalb war ich unsicher, ihn darauf anzusprechen. Wenn ich ehrlich war, wollte ich unsere Freundschaft nicht gefährden und beließ es dabei. Irgendwann fehlten ungefähr 1000 Dollar aus unserem kleinen Tresor. Ich habe noch mit deiner Mutter darüber gestritten, dass wir sie vielleicht selbst ausgegeben haben könnten, aber sie bestand darauf, das Geld am Vortag noch im Tresor gesehen zu haben. Ich entschloss mich, am Nachmittag zur Polizei zu gehen, da ich vorher noch ein wichtiges Meeting hatte. Max hatte sich an diesem Tag krank gemeldet, obwohl er die Präsentation unserer neu entwickelten Schranksysteme übernehmen sollte. Ich versuchte, ihn zu erreichen, aber vergebens. Plötzlich klingelte mein Telefon, als ich mitten in der Besprechung war. Es war deine Mutter und ich bat sie, doch später anzurufen. Aber sie bestand auf dem Gespräch. Sie klang verängstigt und sagte immer wieder, dass jemand auf dem Grundstück wäre. Ich versuchte, sie zu beruhigen und bat sie, mit dir schnell das Haus zu verlassen. Ich meldete den Vorfall sofort der Polizei und machte mich selbst auf den Weg nach Hause.

Kurz bevor ich in unsere Zufahrt einbog, sprang jemand über unseren Zaun und mir direkt vor den Wagen. Er hatte einen schwarzen Rucksack an seine Brust gepresst und sah mich erschrocken an. Jetzt erst erkannte ich ihn. Es war Maxwell! Seine Augen waren blutunterlaufen und wässrig. Er wirkte etwas fahrig...überhaupt nicht wie er selbst. Ich saß erstarrt in meinem Wagen, unfähig, etwas zu unternehmen. Doch als er plötzlich loslief, sprang ich intuitiv aus dem Auto und warf mich auf ihn. Wenige Sekunden später kamen mir zwei Polizeibeamte zur Hilfe und nahmen Max fest. Ich war geschockt und als kurze Zeit später ein Krankenwagen die Einfahrt hinaufraste, wusste ich, dass er euch etwas angetan haben musste. Ich fand deine Mutter bewusstlos am Boden, eine stark blutende Wunde am Hinterkopf und du lagst neben ihr, vor dich hinbrabbelnd, unverletzt...

Deine Mutter hatte versucht, mit dir auf dem Arm das Haus zu verlassen. Als sie an der Haustür stand, wurde diese plötzlich von außen aufgeschlossen, wie sie mir später erzählte. Sie hatte sich mit dir unter der Treppe versteckt und sah, dass Max wie selbstverständlich durch den Flur in die Küche gelaufen war. Als sie mit dir nach draußen laufen wollte, hatte Max euch bemerkt. Er schlug deine Mutter von hinten nieder und zerrte sie zurück ins Haus. Anschließend nahm er offensichtlich alles aus dem unteren Tresor heraus, ging anschließend in unser Schlafzimmer und steckte den gesamten Schmuck ein. Als er wenige Minuten später die Sirenen des Polizeiwagens hörte, hatte er versucht zu flüchten...

Du verstehst sicher, wie unglaublich wütend und enttäuscht ich gewesen bin. Dass er absolut keine Skrupel gehabt hatte, euch etwas anzutun, verkraftete ich nicht. Viel später erfuhr ich allerdings erst, wer Maxwell wirklich war.

Er hatte eine kleine Wohnung in der Nähe von Savannah. Er hatte eine drogenabhängige junge Frau und einen kleinen Jungen, Max Junior. Wie mir die Beamten erklärten, war Maxwell Shepard kein Unbekannter. Um seine eigene Drogensucht und die seiner Frau zu finanzieren, brach er immer wieder ein, um an Geld zu kommen. Nach dem Überfall auf uns wurde er vorerst in Haft gebracht, sein Sohn wurde zeitweise dem Jugendamt übergeben, wenn sich seine Frau nicht mehr um den Jungen kümmern konnte. Es vergingen nur wenige Monate, bis sie schließlich an einer Überdosis verstarb. Max hatte seine Strafe inzwischen verbüßt und wurde entlassen. Es dauerte nicht lange, bis er auf dem Firmengelände auftauchte und mich sprechen wollte. Ich wehrte mich zunächst dagegen, überwand mich aber dann doch zu einem Gespräch mit ihm. Er war am Boden zerstört. Er stand unter Drogen, bat mich, ihn wieder einzustellen, damit er wieder auf die Beine kommen würde. Er entschuldigte sich immer wieder dafür, was er deiner Mutter und dir angetan hatte. Er versprach mir, clean zu werden, weil er nicht so enden wollte, wie die Mutter seines Sohnes. Er hatte sich vorgenommen, gesund zu werden, um Max Junior wieder zu sich holen zu können...Ich wusste nicht, was ich antworten sollte. Noch nie vorher hatte ich mich in jemandem so getäuscht wie in ihm..."

Richard war still geworden. Er schaute seine Tochter traurig an. Ella nahm seine Hand…

„Ich sprach lange mit deiner Mutter darüber und du kennst sie, sie kann verzeihen, was mir wiederum sehr schwerfällt. Auch mit meinem Geschäftspartner hatte ich einige Gespräche über Max und schließlich sind wir uns einig gewesen, ihn zumindest für Hilfsarbeiten wieder einzustellen. Ich hielt ihn auf Abstand, redete nur das Notwendigste mit ihm, wenn wir uns begegneten.

Es dauerte jedoch nur wenige Wochen, bis das Unfassbare geschah. Max überfiel einen Supermarkt in Savannah und tötete den Besitzer! Es war einfach unbegreiflich!

Er wurde zu einer lebenslangen Haftstrafe verurteilt und sein Junge endgültig ins Waisenhaus nach Bonneau gebracht. Dieses Kind hat uns lange beschäftigt. Obwohl wir den Jungen vorher nie kennengelernt hatten, tat er uns unglaublich leid. Er war kaum älter als du, war aber im Gegensatz zu dir in einer vollkommen zerrütteten Familie aufgewachsen. Es war ein unglaublicher Zufall, dass Tante Millie Jahre später genau dieses Kind ins Herz geschlossen hatte. Sicher hat dir Rose bereits davon erzählt. Als Millie Max nach Gregs Tod nicht mehr adoptieren konnte, gab es auf ihr Drängen hin ein Treffen mit Max Junior in unserer Familie. Vielleicht weißt du noch, wie sich der kleine Max dir gegenüber verhalten hat. Es war beängstigend zu sehen, dass er offensichtlich genauso gewalttätig war wie sein Vater. Ich wollte nichts mehr mit diesem Kind zu tun haben und das

Thema endlich hinter uns lassen. Doch Tante Millie schien einen Weg gefunden zu haben, ihn bei sich aufzunehmen. Wir sprachen nie darüber, aber ich wusste Bescheid. Ich bat sie nur einmal inständig, wenn du oder ihr Mädchen bei ihr zu Besuch gewesen seid, Max von euch fernzuhalten. Sie versprach es mir und ich vertraute ihr. Doch ihr unerschütterliche Glaube in Max war vollkommen falsch! Dieser Mann hatte seinen Namen ändern lassen, sicherlich nicht nur aus dem Grund, Millie einen Gefallen zu tun oder den Vornamen seines Vater nicht mehr tragen zu müssen, sondern vielleicht auch, um allgemein nicht mit seiner Vergangenheit konfrontiert zu werden!"

Ella erkannte ihren Vater kaum wieder. Aus ihm sprach der blanke Hass…

„Weißt du, was er getan hat? Hat dir das Rose auch erzählt?" Richards Atem ging schnell.

„Ja, aber Dad…" Ella wurde sofort wieder unterbrochen.

„Dieser Kerl, ob er nun Max oder Aiden heißt, hat seine Frau ermordet! Er sollte im Gefängnis sitzen und nicht die Möglichkeit haben, so etwas noch einmal zu tun…dir etwas anzutun!"

Ella hatte ihrem Vater zugehört, wurde aber in diesem Moment abgelenkt. Erschrocken sah sie zu dem Fenster ihres Zimmers, welches zum Flur hinausführt.

Die zwei Polizeibeamten, die sie mittlerweile kannte liefen vorbei und…hinter ihnen Aiden!

Ihre Blicke trafen sich. Aidens wunderschöne Augen begannen plötzlich zu leuchten, als er sie sah…

Er redete kurz mit den Beamten und öffnete dann die Tür zu Ellas Krankenzimmer. Ella wollte noch etwas sagen, aber es war zu spät. Grace und Richard hatten ihn bereits gesehen!

Ellas Vater raste vor Wut und baute sich vor Aiden auf. Er hingegen hielt ihm die Hand entgegen, um ihn zu begrüßen und sich vorzustellen.

„Du besitzt die Frechheit, hier aufzutauchen? Wie ist das überhaupt möglich? Du gehörst dafür hinter Gitter, was du meiner Tochter angetan hast! Genau wie dein Vater!" Richards Worte kamen schnell, unüberlegt und hasserfüllt. Er hörte weder seine Tochter noch seine Frau rufen, dass er aufhören sollte.

Aiden wich zurück. Er schien nicht zu verstehen, was gerade passierte und wen er überhaupt vor sich hatte… bis er begriff.

„Ja, das passt alles gut in Ihr Konzept, nicht wahr?", sagte Aiden resigniert.

Richard erfasste Aiden an den Schultern und drückte ihn gegen die Wand. Er holte aus und war im Begriff, auf den jungen Mann einzuschlagen. Durch den Tumult aufmerksam geworden, kamen die beiden Polizeibeamten sofort ins Zimmer und zogen Richard von Aiden weg.

Es war schwer, ihn zu besänftigen. Immer wieder versuchte er aufzustehen, sodass die Beamten Mühe hatten, die beiden auseinanderzuhalten.

„Mr. Baker, nehme ich an?", fragte der Beamte streng. Ellas Vater nickte.

„Meinen Sie, es tut Ihrer Tochter gut, wenn Sie hier eine Schlägerei vom Zaun brechen?" Richard schaute zu Ella und schüttelte beschämt den Kopf.

Er war mit einem Mal leise geworden.

„Dieser Mann hat versucht, mein kleines Mädchen umzubringen! Sie verstehen sicher, warum ich so aufgebracht bin!" Seine Stimme klang leise, aber sehr bestimmt.

„Es tut mir leid, Sir. Aber das stimmt nicht!", antwortete der Beamte ruhig. Verdutzt schaute Richard sich um. Er sah, wie traurig seine Tochter schaute.

„Dad, ich habe versucht, es dir zu sagen. Er hat weder seine Frau umgebracht noch mir etwas angetan…im Gegenteil…" Ella begann zu weinen. Alle Anspannung schien in diesem Augenblick von ihr abzufallen. Grace umarmte ihre Tochter.

„Es war Olivia…Olivia hat all das getan…", schluchzte Ella. Grace hielt inne und starrte Richard an.

„Sie hat recht, Olivia Charter hat ein umfassendes Geständnis abgelegt und wurde wegen zweifachem Mord und versuchter Tötung angeklagt. Die Einzelheiten sollten wir jedoch lieber draußen besprechen", sagte der Polizist sachlich.

Grace und Richard wurden von den Beamten nach draußen gebeten. Aiden stand noch immer an der Wand. Gerne würde er Ella trösten, doch er ahnte, was sie in den letzten Tagen hatte durchmachen und erfahren müssen. Sie hatte nichts von ihm gewusst und auf schmerzhafte Weise alles über ihn erfahren. Wahrscheinlich war er der letzte, den sie sehen wollte.

Ella sah ihn an und senkte den Blick. Er verstand.

„Es tut mir leid", sagte er leise und verließ das Zimmer. Ella sah ihm nach. Obwohl es ihr das Herz brach, ihn gehen zu lassen, war es wohl besser so…

18

„Ich kann gut verstehen, warum du anfangs hierbleiben wolltest", sagte Mike und streckte sich entspannt auf dem Steg aus. „Es ist einfach herrlich hier. Man kann einfach alle Sorgen vergessen."

Ella saß neben ihm. „Ja, das versuche ich gerade", lächelte sie.

Mike war sofort nach Charlston gekommen, als er von July über die Vorfälle informiert worden war. Irgendwann war sie an Ellas Handy gegangen und nachdem sie Mikes Redeschwall hatte unterbrechen können, um ihm zu sagen, was geschehen war, hatte er sich umgehend in den Flieger gesetzt.

Er war bereits seit fast drei Wochen mit Ella im Landhaus und wenn sie es nicht besser wüsste, könnte man denken, dass auch er sich an dieses ruhige Leben gewöhnen könnte.

Sie hatten in den vergangenen Tagen viel über geschäftliche Dinge gesprochen und Ella hatte sich entschieden, wieder mit Mike nach New York zu gehen. Es fiel ihr noch immer sehr schwer zu akzeptieren, dass ihre beste Freundin zu einer Mörderin geworden war. Manchmal gab es Augenblicke, in denen sie sie verstand, zumindest ein wenig, nach allem, was sie in ihrem Leben hatte durchmachen müssen, aber dass aus jahrzehntelanger Freundschaft neidvoller Hass entstanden war, konnte sie nicht verstehen. Ella lag noch oft nächtelang wach, sie konnte die Vorfälle nur schwer verarbeiten. Noch immer hatte sie kein gutes Gefühl, allein in diesem Haus zu sein, und so fiel ihr die Entscheidung nicht schwer, mit Mike zurück nach New York zu gehen.

Doch Olivia fehlte ihr, die Olivia, die sie gewesen war, bevor ihr Leben passierte. Ihr fehlte ihre Freundschaft und Verbundenheit. Es würde nie wieder so sein, wie es zwischen July, Olivia und ihr gewesen war.

*

„Schätzchen, ich freue mich wirklich, dass du wieder mit mir nach Hause kommst. Aber bist du dir auch wirklich sicher, dass du Aiden hier zurücklassen möchtest? Ich hätte ihn ja zu gerne kennengelernt, nach allem, was du mir so erzählt hast…die Geschichte und sicher auch Aiden selbst sind einfach unglaublich!" Ohne hinzuschauen, spürte Ella das breite Grinsen ihres besten Freundes und seinen schelmischen Blick.

Ella stöhnte auf. Aiden war ihr nicht aus dem Kopf gegangen, sooft sie es auch versucht hatte. Sie wusste, ihre Entscheidung war richtig, aber ihr Herz sagte etwas anderes. Doch Aiden schien das ähnlich zu sehen, denn seitdem er vor drei Wochen bei ihr im Krankenhaus gewesen war, hatte sie ihn nicht mehr gesehen.

„Mike, wir haben darüber geredet und du hast Recht. Ich war im Begriff, mich in diesen unbekannten und liebevollen Mann zu verlieben, aber jetzt, da ich ihn kenne... Es ist besser so und ich werde es überwinden."

Ella stand vorsichtig auf und Mike kam ihr sofort zur Hilfe. Ihre Wunde war zwar gut verheilt, dennoch schmerzte ihr Arm noch ab und an sehr und sie sollte vorsichtig sein.

Arm in Arm liefen die Freunde zum Haus, vertieft in eine Unterhaltung über Ellas Eltern, die die unterbrochene Reise am kommenden Tag fortsetzen wollten. Sie bemerkten nicht, dass sie nicht mehr allein waren…

„Du kennst mich nicht. Du hast von anderen einige Dinge aus meinem bisherigen Leben erfahren, aber du kennst mich nicht."

Mike schrie erschrocken auf und klammerte sich an Ella.

Aiden stand vor ihnen. Er sah traurig aus, nachdenklich. Es schien ihm nicht gut zu gehen.

Mike beruhigte sich langsam und musterte Aiden. Er versuchte sich jetzt schützend vor Ella zu stellen und ging einen Schritt auf Aiden zu.

„Aiden, nehme ich an?", sagte Mike bemüht ruhig.

Aiden nickte.

„Und Sie sind?", gab Aiden die Frage zurück.

„Ich bin Ellas Freund und Geschäftspartner Mike."

Aiden zog die Luft hörbar ein.

„Ich scheine dich offenbar ebenso wenig zu kennen, Ella Baker. Dass du einen Freund hast, war mir nicht bewusst. Bitte entschuldigt!"

Aiden drehte sich um und ging. Ella stand wie versteinert da. Sie war unfähig, etwas zu sagen. Mike dagegen rief Aiden nach, doch das hörte er nicht mehr…

Wie hatte er nur annehmen können, dass sich endlich alles zum Guten wenden würde? Warum sollte gerade ihm gestattet werden, tatsächlich noch einmal Glück zu empfinden? Sooft Aiden bisher auch darüber nachgedacht hatte und einen Schritt nach dem anderen gegangen war, er kam immer wieder zu dem Schluss, dass er für jeden wundervollen Moment in seinem Leben bestraft wurde. Die dunklen Erinnerungen kamen immer wieder zurück...

Mama liegt auf dem Boden... krampfend, wimmernd, blutverschmiert, dreckig... sie ist so wunderschön und ihr runder Bauch, in dem meine Schwester schläft, bewegt sich ein kleines bisschen, sie hat mir gesagt, dass sie bald gesund werden würde und diese bunten Pillen, die sie immer abends von Papa bekommt, nicht mehr braucht... und dass ich bald ein großer Bruder sein werde...sie ist so schwach...sie sieht selbst nicht, wie schön sie ist...sie möchte aufstehen, schafft es aber nicht...sie schläft immer wieder ein... ich versuche, ihr zu helfen, aber ich kann nicht...ich streichele mit meinen kleinen Händen ihr Gesicht und ihren Bauch, versuche, ihr Gesicht etwas sauber zu machen und lege mich zu ihr...bis sie tief eingeschlafen ist...mein Vater ist noch nicht da. Er kommt immer erst, wenn es dunkel ist...und er sieht dann immer so komisch aus und sagt Sachen, die ich nicht verstehe...wenn Mama wieder aufwacht, spielt sie sicher mit mir und gibt mir Essen...ich freue mich darauf...aber warum wacht sie heute nicht auf? Sie liegt einfach da, sie bewegt sich gar nicht mehr...auch meine Schwester in ihrem Bauch ist wieder eingeschlafen..ihre Augen sind gar nicht ganz zu...ich höre sie nicht atmen...ich bekomme Angst... warum hört sie mich nicht? Ich rede mit ihr...ich bin schon ganz laut...ich muss bestimmt warten, bis es dunkel ist und Papa nach Hause kommt...aber ich habe Hunger. Ich muss sie aufwecken...ich beginne zu schreien...noch lauter, als sonst, dass sie endlich wach wird...auf einmal geht die Tür auf und die Frau aus der anderen Wohnung steht neben mir...ich bin jetzt lieber ganz still, ich wollte nicht, dass sie mich hört, ich wollte doch nur Mama wecken...aber vielleicht hilft sie mir, Mama wach zu bekommen, dann ist alles wieder gut...sie versucht es, aber Mama schläft einfach weiter...ich habe Angst! Vielleicht stimmt etwas nicht...als die Frau schreit, weiß ich, dass es Mama nicht gut geht...

Ein Krankenwagen kommt...er hält vor unserem Haus...ich setzte mich wieder zu Mama und streiche über ihr Gesicht...ein Mann kommt herein und beugt sich über sie...er drückt auf ihren Hals und schaut ihr in die Augen...auf einmal nimmt er mich hoch und bringt mich raus zu der Frau. Ich kenne sie nicht, aber ihre Hand ist ganz warm. Das fühlt sich gut an. Wir warten einfach hier, bis es Mama wieder gut geht...

Der Mann kommt aus dem Zimmer und redet mit der Frau...sie beginnt zu weinen. Ich verstehe sie nicht und schaue ins Zimmer, wo Mama liegt...ein anderer Mann legt ihr eine Decke über das Gesicht...

Die Frau nimmt mich mit in ihre Wohnung und gibt mir ein Milchbrötchen. Sie redet mit mir, aber ich verstehe nichts...ich möchte wieder zu Mama...das Milchbrötchen schmeckt so gut, ich möchte gern noch eins, bevor ich wieder zu Mama gehe...die Frau nimmt meine Hand, als ich zu ihr gehen möchte. Sie schüttelt immerzu mit dem Kopf und ich weiß nicht warum...sie lässt mich nicht zu ihr und ich beginne zu schreien. Ich möchte doch nur zurück zu meiner Mama...

Aiden versuchte, seine Erinnerungen abzuschütteln. Es hatte eine Zeit gegeben, in der er sie fast vollständig hatte vergessen können...

Erst viel später begriff er, was damals tatsächlich passiert war. Er war nicht älter als drei Jahre gewesen, als er seine Mutter und seine Schwester verloren hatte, die er nie hatte kennenlernen dürfen. Er war wütend auf sie, weil sie ihn alleine gelassen hatte und nicht versucht hatte, gesund zu werden, damit sie sich um ihn kümmern konnte. Diese Wut hatte angehalten, bis Millie ihn im Waisenhaus gefunden hatte. Man hatte ihn dorthin gebracht, nachdem er ungefähr ein Jahr in

240

einer anderen Pflegeeinrichtung gewesen war. Man sagte ihm, dass sein Vater sich nicht mehr um ihn kümmern konnte, der ihn in diesem Jahr zumindest noch ab und an besucht hatte... Millie war eine so wunderbare Frau gewesen und auch, wenn er sie oft mit seinem Verhalten enttäuscht hatte, war sie trotzdem immer an seiner Seite gewesen...dank ihr wurde aus ihm nach und nach ein besserer Mensch...Aiden vermisste sie so sehr...

Er hatte so lange dafür gekämpft, aus dem Schatten seiner Eltern herauszutreten, die ihm in seiner frühesten Kindheit keine Hoffnung gemacht hatten, ein angenehmes Leben zu führen. Umso glücklicher war Aiden, als er Nancy kennengelernt hatte. Zunächst war er unsicher, ob er fähig war, eine solch intensive Beziehung zu führen, aber Millie hatte ihm beigebracht, was es bedeutete zu lieben und geliebt zu werden. Jeden Tag war er dafür dankbar gewesen, Nancy in seinem Leben gehabt zu haben...bis sie ihm genommen wurde.

Aiden war am Ende gewesen und als er schließlich für ihren Tod verantwortlich gemacht wurde, verstand er gar nichts mehr. Es war ein Unfall gewesen, sagte man ihm zu Beginn...was er aber dann vorgeworfen bekam, konnte er nicht begreifen. Er konnte und wollte auf keinen einzigen Vorwurf und Anklagepunkt reagieren, zum einen, weil er nichts darüber wusste und zum anderen, weil er mit allem abgeschlossen hatte. Er fügte sich, ließ alles über sich ergehen, er hatte nichts mehr zu verlieren und er hielt sich selbst für schuldig an Nancys Tod. Er hätte bei ihr sein sollen, am Tag ihres Todes, er hätte sterben müssen, nicht sie... die Liebe seines Lebens war verloren, sie war einfach aus ihrem jungen Leben gerissen worden, aus seinem Leben, welches endlich begonnen hatte, lebenswert zu sein. Nichts war mehr, wie es war, nichts...

Einzig Millie war ein schwacher Lichtblick für ihn gewesen, wenn sie ihn besucht und versucht hatte zu erklären, dass sie alles tun würde, ihn aus dem Gefängnis zu holen. Er verstand, dass er für sie weitermachen und kämpfen musste...so wie sie es Zeit ihres Lebens für ihn getan hatte...

Als Aiden später tatsächlich mit einer Bewährungsauflage von den Geschworenen freigesprochen wurde, änderte das jedoch nichts an seinem Gemütszustand. Er nahm den Beschluss emotionslos hin.

Wieder dauerte es sehr lange, viele Monate, und bedurfte nächtelanger Gespräche mit Millie, bis sie ihn davon überzeugt hatte, seinem Leben einen neuen Sinn zu geben.

Irgendwann, nachdem er sich etwas gefasst hatte, erzählte sie ihm von Ella...er erinnerte sich noch genau an seine Reaktion...er war sehr skeptisch gewesen in Bezug auf den Grund, warum Millie sie überhaupt erwähnte. Bis dato hatte er nicht im Traum darüber nachgedacht, jemals wieder eine Frau in sein Leben zu lassen…

Aber Millie hatte immer wieder über Ella geredet und dass sie sich freuen würde, wenn sie sich kennenlernen würden…in den letzten Lebenswochen von Millie sprach sie nicht mehr darüber, bis zu dem Tag, als Aiden sie das letzte Mal sah…sie bat ihn, sich um das Haus zu kümmern…sie habe alles geregelt und um Ella, wenn er sie treffen würde. Sie sei nicht glücklich, meinte Millie. Aiden hatte das nicht verstanden, bis zu dem Tag, an dem er Ella das erste Mal sah…

Die Anziehungskraft zwischen ihnen war vom ersten Moment an spürbar gewesen Es war unfassbar, was diese Frau in ihm ausgelöst hatte. Zu Beginn hatte es sich dagegen gewehrt, aber diesen Kampf hatte er schnell verloren. Ella Baker hatte binnen weniger Tage Gefühle in ihm geweckt, von denen er dachte, sie für immer verloren zu haben. Diese kleine natürliche Frau, eine kleine Berühmtheit in der Modebranche, die jedoch absolut keine Starallüren besaß, hatte wider Erwarten sein Herz erobert…und es wieder gebrochen…

Doch nicht nur Ella hatte das geschafft. Aiden konnte und wollte nach wie vor noch immer nicht verstehen, wie Olivia, die er so gut zu kennen geglaubt hatte, zu einer solchen Tat fähig gewesen war. Sie hatte seine Frau umgebracht, um mit ihm zusammen sein zu können…all das hatte sie später ausgesagt. Er hatte

Mühe, es mit der Olivia, die er kannte, zu vereinbaren. Er hatte sie als seine Freundin und Vertraute gesehen… Olivia war ihr Leben lang ein Opfer ihrer Familie gewesen, wie er selbst…das hatte sie zu seiner Verbündeten gemacht. Dass sie jedoch eine solche Persönlichkeitsveränderung erfahren hatte und zur Mörderin wurde, war schlichtweg unbegreiflich…

Jetzt spürte er keine Wut und keinen Hass mehr. Denn es würde nichts, wirklich nichts an der schrecklichen Vergangenheit ändern. Aiden fühlte nur noch diesen unbeschreiblichen Schmerz, von dem er hoffte, ihn eines Tages verdrängen zu können.

19

„Du bist dir wirklich sicher, dass wir fahren sollten?",
Mike sah Ella eindringlich an. Von seinem sonstigen
Witz war nichts zu spüren. Sie wurde wütend!
Natürlich war sie sich nicht sicher, wieder nach New
York fliegen zu wollen! Aber sooft sie in den letzten
Tagen auch über die letzte Begegnung mit Aiden
nachgedacht hatte…es war eine Fügung gewesen, dass
er Mike für ihren Freund hielt und sie so nicht mehr
darüber nachdenken musste, wie sie mit ihm reden
sollte. Nach allem, was geschehen war, konnte sie sich
nicht vorstellen, die aufkeimende Beziehung mit ihm
weiterzuführen. Sein Leben, seine Vergangenheit…die
Verbindung zu Olivia…sicher, er hatte das im Grunde
alles nicht zu verantworten, aber es machte Ella
höllische Angst! Und Angst war nie ein guter Begleiter!

„Ja, wir fahren! Das Taxi sollte gleich hier sein. Es ist
sicher besser, sich in die Arbeit zu stürzen, als über
Dinge nachzudenken, die es nicht wert sind!" Ellas
unglaublich harten Worte ließen ihre Unsicherheit und
Furcht vermuten. Mike kannte sie gut genug, um zu
wissen, wie sehr sie gerade mit ihren Gefühlen und
ihrem Verstand zu kämpfen hatte. Es blieb ihm nur die

Möglichkeit, ihre Entscheidung zu akzeptieren und für sie da zu sein, wenn es zu schlimm werden würde. Ella musste ganz allein durch diese Situation durch, auch wenn Mike sich sicher war, dass es gut für sie gewesen wäre, Aiden zumindest eine Chance zu geben. Er war vollkommen beeindruckt von ihm gewesen, nicht nur von seinem ansehnlichen Äußeren, sondern auch von der Art, wie er auftrat. Die meisten Menschen mit einer solchen Vergangenheit wären längst daran gescheitert, er jedoch schien um jede Sekunde Glück in seinem Leben kämpfen zu wollen…und wohl auch zu müssen.

Als Ella abgeschlossen hatte, lief sie ein letztes Mal hinunter zum See. Sie würde es vermissen, hier zu sein. Sie war sich noch nicht sicher, ob sie das Haus verkaufen oder vermieten sollte. Die Zeit würde sie zu einer Entscheidung bringen. Zeit, die sie in ihrem Atelier verbringen würde…

Mike gab ihr einen Kuss auf die Stirn und begleitete sie wenig später zum Taxi. Als es den Weg zur Straße entlangfuhr, bewegten sich die Bäume im aufkommenden Wind und glitten langsam an ihnen vorbei. Ella empfand es noch immer als unglaublich beruhigend. Der Wald war nach wie vor wunderschön, doch hatte Ella diesmal das Gefühl, sich endgültig von ihm zu verabschieden.

Nach ungefähr 15 Minuten waren sie in Bonneau angekommen. Ella schaute auf die Uhr. Es war kurz vor 21:00 Uhr und ihr Flug ging erst 00:30 Uhr.

Plötzlich hatte sie eine Idee. Sie befanden sich in der Nähe einer Tankstelle mit einem kleinen Store und Ella bat den Taxifahrer, dort noch einmal kurz anzuhalten. In diesem Moment hielt sie es für eine gute Idee, denn sie hatte vor, July anzurufen, sobald sie ihr Lieblingseis gekauft hatte. An ihrem gemeinsamen Wochenende waren sie ja nicht mehr dazu gekommen, es zu genießen...

Und da sie früher immer all ihre Probleme mit Eis gelöst hatten, würde es vielleicht auch diesmal helfen...via Facetime hätten sie so die Möglichkeit, sich noch einmal zu sehen und das gemeinsam Erlebte vielleicht mit einem besseren Gefühl zu verarbeiten. Ein Glas Wein wäre vielleicht auch möglich gewesen, aber Eis als Symbol ihrer Freundschaft war einfach viel besser. Hätte Ella allerdings gewusst, was sie aufgrund dieser Idee erwarten würde, hätte sie den Fahrer gebeten weiterzufahren...

Er war nicht ganz bei der Sache. Aiden musste noch so einige Dinge besorgen, wenn er in der kommenden Woche das Camp wieder eröffnen wollte. Bisher hatte er nicht den Mut gehabt und sicher würde er auch jetzt noch von vielen Menschen skeptisch beäugt werden, aber damit würde er fertig werden. Er freute sich darauf, wieder öffnen zu dürfen und neben seiner Surfschule in Zukunft auch wieder Familien und Kindern ein Entspannungsziel in der Natur bieten zu können. Er musste lächeln, als er an den letzten gemeinsamen Ausflug mit Nancy dachte. Sie waren mit einer Gruppe von fünf Kindern als Pfadfinder im Lake Forest unterwegs gewesen. Nancy hatte den Kids alles erklärt, was wissenswert war, und schließlich fragte der achtjährige Joe, der jüngste in der Gruppe, wo es denn hier Burger geben würde. Er habe Hunger. Nancy hatte Aiden erst erstaunt angesehen und dann herzhaft gelacht. Das fand Joe allerdings überhaupt nicht lustig und begann zu weinen. Entgegen aller Regeln war Aiden in die Stadt gefahren und hatte für alle Burger besorgt. Das ging zwar ziemlich an der Grundidee der Pfadfinder vorbei, aber die Kinder waren glücklich und hatten ihren Spaß gehabt.

Aiden freute sich auf noch viele solcher Erlebnisse und hoffte, so alles andere zumindest zeitweise vergessen zu können.

Als er gerade einen Kanister Milch in den Einkaufswagen stellte, glaubte er plötzlich, Ellas Stimme gehört zu haben. Er sah erschrocken auf, konnte sie aber nicht entdecken. Schnell schob er den Wagen in Richtung Kasse, als ihn plötzlich auf Höhe der Kühlabteilung jemand rammte. Er drehte sich um…und vor ihm stand sie…Ella. Sie entschuldigte sich, ohne aufzusehen oder ihn zu bemerken. Sie schien es eilig zu haben und verschwand halb in der Eistruhe, um an eine untere Packung zu gelangen.

Amüsiert schaute Aiden einen Augenblick zu. Sein Herz begann zu rasen… er musste dieser Situation jedoch schnell aus dem Weg gehen und nicht riskieren, dass sie ihn sah. Er war im Begriff weiterzugehen, als ihm auch Mike entgegenkam. Aiden hielt inne. Es gab nichts zu sagen, auch wenn Mike gerne mit ihm geredet hätte. Sie schauten sich nur kurz an, nickten und gingen aneinander vorbei.

Es war gerade nicht viel los im Store und so könnte Aiden schnell bezahlen und verschwinden, bevor Ella und ihr Freund ihm noch einmal über den Weg liefen. Eine junge Frau vor ihm brauchte aber ziemlich lange und langsam wurde er etwas nervös. Er schaute sich um und tatsächlich, Mike und Ella steuerten auf die Kasse zu. Sie redete ununterbrochen auf Mike ein, der aber seinen Blick auf Aiden gerichtet hatte. Er schien eine Begegnung absolut nicht verhindern zu wollen und das machte Aiden stutzig. Es war absolut nicht in der Stimmung, sich mit ihm auseinanderzusetzen, er war sich ja nicht einmal sicher, ob er über die Liaison mit Ella Bescheid wusste…

Wenige Augenblicke später hatte Ella ihn entdeckt und sah Mike erschrocken an! Der schob sie jedoch weiter zu Aiden, der seinerseits den Blick abwendete.

Er sah angespannt nach draußen…

Es war dunkel geworden, es standen nur wenige Autos vor dem Store. Und ein Taxi, das offensichtlich wartete. War das Ellas Taxi? Sie war sicher auf dem Weg zum Flughafen!

Doch was er noch wahrnahm, schockierte Aiden in diesem Moment noch mehr. Ein junger Mann lungerte vor der Eingangstür herum. Er schien nervös, lief ständig hin und her und sah immer wieder in den Laden hinein. Im nächsten Moment zog er entschlossen die Kapuze über den Kopf und eine Maske über…was dann folgte, lief vor Aidens Augen ab wie ein Film…

Ella stand plötzlich vor ihm. Sie begann, etwas zu sagen, aber Aiden hörte ihr nicht zu…er hatte den Blick starr auf den Mann gerichtet, der jetzt in den Store stürmte…die junge Frau, die an der Kasse vor Aiden gestanden hatte, begann plötzlich zu schreien.

Der Mann hatte eine Waffe gezogen und lief zielgerichtet auf den Kassierer zu. In Bruchteilen von Sekunden stieß Aiden Ella beiseite…sie fiel rückwärts gegen Mike…beide legten sich sofort auf den Boden…der Vermummte schrie den Kassierer an, ihm das Geld in eine Tasche zu packen. Dann wandte er sich Aiden zu…er war kaum 20 Jahre alt und hielt seine Waffe jetzt auf Aiden gerichtet. Er zitterte und schrie den Mann an der Kasse immer wieder an …Aiden ließ schließlich seinen Wagen los und lief langsam auf den Jungen zu…doch das gefiel dem scheinbar überhaupt nicht. Er wurde immer nervöser und schrie Aiden an stehenzubleiben, oder er würde auf ihn schießen. Aiden blieb stehen, begann aber leise, auf ihn einzureden.

„Lass mich dem Mann helfen, damit es schneller geht und du hier wieder herauskommst."

Er bat ihn, die Pistole herunterzunehmen und niemanden zu verletzen…

Der junge Mann wusste nicht, was er tun sollte, als Aiden langsam hinter die Kasse lief. Dort stand ein Mann um die 70 Jahre, er konnte sich vor Aufregung kaum auf den Beinen halten. Seine Hände schienen nicht zu wissen, was sie tun sollten...

Der junge Mann hielt weiter die Schusswaffe nach vorne und drohte weiter, dass er sie beide umbringen würde, wenn es noch lange dauerte.

Aiden versuchte, ganz ruhig zu bleiben und half dem alten Mann, das Geld einzupacken. Im Augenwinkel sah er, dass es die junge Frau aus dem Laden geschafft hatte…nun hoffte er, dass auch Mike und Ella sich langsam Richtung Ausgang bewegen oder sich zumindest so verstecken würden, dass der Bewaffnete sie nicht entdeckte…er hoffte es…

Aiden fing einen kurzen Blick von Ella auf. Die nackte Angst stand ihr ins Gesicht geschrieben. Er mochte sich gar nicht vorstellen, was sie bisher durchgemacht hatte und sich nun schon wieder in einer solchen Situation befand… und noch mehr verriet ihr flehender Blick…er war ihr nicht gleichgültig...

„Wie heißen Sie?", Aiden versuchte, mit dem alten Mann ins Gespräch zu kommen, um ihn so zu beruhigen.

„George, ich heiße George", antwortete der mit zittriger Stimme. Er war am Ende und mit diesem jetzigen Umstand total überfordert.

„Halt die Klappe, du Scheißkerl, pack´ das Geld ein und quatsch den Alten nicht zu!"

Aiden schaute den Jungen an. Er versuchte, für einen Moment Blickkontakt zu halten und George dabei ein wenig aus der Gefahrenzone zu drängen.

In der Ferne waren Sirenen zu hören…auch der Junge wurde darauf aufmerksam. Verwirrt drehte er sich um und schaute nach draußen. Er wurde immer aufgeregter. Er fuchtelte mit der Pistole vor Aiden und George herum und schrie: „Du blöder Mistkerl hast die Bullen gerufen, du elendes Schwein!"

Seine Missbilligung galt George und sein Blick war mörderisch. George schüttelte verängstigt mit dem Kopf…es war Aiden gewesen, der den stillen Alarm ausgelöst hatte…

252

„Beruhige dich! Hier ist das Geld! Du kannst gehen!"
Aiden schob dem Bewaffneten die Papiertüte mit dem
Geld über den Tresen. Die Sirenen wurden lauter und
es wurde klar, dass die Polizei jeden Moment hier sein
würde…

„Ihr Idioten!" Der Junge nahm hastig die Tüte und ging
rückwärts in Richtung Ausgang. „Ich komme hier
nicht lebend raus! Ihr seid selbst daran schuld!" Kaum
hatte er das ausgesprochen, schoss er unkontrolliert in
den Kassenbereich. Aiden hörte Ella schreien…ab
diesem Moment bewegte sich für ihn alles nur noch in
Zeitlupe. Aiden riss George nach unten und drehte in
diesem einen Augenblick dem Täter den Rücken
zu…ein stechender Schmerz durchfuhr seinen
Körper…ein stöhnender Aufschrei verließ seine
zugeschnürte Kehl…bevor er auf George
zusammensackte…Ellas Stimme erreichte seine
Sinne…sie rief ihn immer wieder, aber er konnte nicht
antworten…seine Stimme hatte ihn verlassen…er sah
seine Mutter, Millie, Nancy und Ella vor sich…in ihrer
Natürlichkeit und Schönheit…er fühlte sie, spürte sie
bei sich, in seinem Herzen, welches seinen Schlag
stetig verlangsamte…Ella schrie noch immer…bis sie
völlig verstummte…

„Ella! Nein! Bleib hier!" Mike hielt sie von hinten an
beiden Armen fest. Ella wollte sich nicht aufhalten
lassen, sie konnte nicht…sie wollte zu Aiden! Ihre
grelle Stimme vibrierte im Raum. Weitere Schüsse
fielen und Polizisten stürmten den Laden. Sie drängten

Ella und Mike zurück in den Gang und durchsuchten den Store mit gezogenen Waffen nach weiteren Tätern.

Ella riss sich von Mike los und stürmte hinter den Tresen. Ein Beamter schrie sie an, doch sie ließ sich nicht abhalten.

Aiden lag blutüberströmt auf George, der ebenfalls getroffen schien. Ella beugte sich zu ihm hinunter fühlte seinen Puls...sie zitterte so sehr, dass sie nichts spürte. Sie redete auf ihn ein, bat ihn zu antworten...strich ihm über die Haare, sein Gesicht. „Bitte, verlasse mich nicht!", flüsterte sie ihm ins Ohr, immer wieder, bevor sie von einem Polizisten weggezogen wurde...

20

An die folgenden Stunden konnte sich Ella nur bruchstückhaft erinnern. Ein Bild von dem jungen Täter auf dem Asphalt, ein Bild von dem Kassierer auf einer Trage, das Bild von Aiden, der in einen Hubschrauber geschoben und weggeflogen wurde...

Ella saß zusammengesunken auf einem unbequemen Sessel im Foyer des Rober Hospitals. Erst vor wenigen Wochen war sie selbst mit einer Schussverletzung hier eingeliefert worden...der Alptraum begann von Neuem...Mike war bei ihr geblieben...er konnte nur erahnen, was sie durchmachen musste, denn er selbst begriff nicht, was gerade geschehen war...

Beide waren ebenfalls untersucht worden, sie waren unverletzt, aber Ella hatte darauf gedrungen, hier bleiben zu können, um auf eine Nachricht bezüglich Aidens Zustand zu warten. Mike hatte dem Personal gesagt, dass Ella Aidens Verlobte sei...andernfalls hätte sie keine Auskunft erhalten oder die Möglichkeit gehabt zu warten. Selbst das hatte Ella nicht realisiert. Erst als sie Stunden später von einer Schwester angesprochen wurde, verstand sie.

„Miss Baker? Sie sind die Verlobte von Aiden Huntington?" Ella nickte stoisch, sah Mike dann aber verständnislos an.

„Mr. Huntington musste notoperiert werden, aber er hat die Operation einigermaßen gut überstanden. Es war schwierig, die Kugeln zu entfernen, aber es ist gelungen. In wenigen Minuten sollte er aufwachen. Er ist noch sehr schwach, aber wenn Sie möchten, können Sie zu ihm, ich begleite Sie." Die Schwester war bereits im Gehen, Ella zögerte jedoch noch. Sie war so erleichtert, dass es Aiden besser ging, doch erst jetzt löste sich ihre gesamte Anspannung. Sie vergrub ihr Gesicht in den Händen…Tränen rannen durch ihre Finger…ihr Schluchzen wurde immer lauter.

Die Schwester kam zurück. Mike hatte sie inzwischen in den Arm genommen und wiegte sie sanft, um sie zu beruhigen.

„Atmen Sie ganz ruhig, Miss Baker. Er wird sicher wieder gesund. Kommen Sie." Die Schwester nahm Ellas Hand. Die schaute sich noch einmal fragend nach Mike um. Der nickte ihr lächelnd zu und flüsterte: „Es wird alles gut!"

Als sie Aiden im Bett liegen sah, musste sie erneut mit den Tränen kämpfen. Sie hielt die Hand vor den Mund…er war an Maschinen angeschlossen, die bewiesen, dass er noch lebte. Er sah jedoch ganz und gar nicht so aus. Sein hübsches Gesicht war eingefallen und grau, seine wundervollen Lippen, die sie so gerne auf den ihren gespürt hatte, hatten ihr volles Rot verloren…

Ella setzte sich zu ihm. Sie legte ihre Hand in seine…

„Bitte versprich mir, dass du wieder gesund wirst. Es tut mir leid, ich wusste nicht, wie ich mit dir reden sollte, und dann war da Mike…es war so einfach, dir und allem, was passiert ist, aus dem Weg zu gehen…Mike ist nur ein guter Freund, ich möchte, dass du das weißt…aber ich weiß nicht, wie ich mit uns umgehen soll…bevor ich dich wirklich kannte, war alles so unbeschwert…ich habe mich einfach auf uns eingelassen und ich habe es geliebt, so frei zu sein, ohne Gedanken an den nächsten Tag oder die Zukunft. Ich habe es genossen, mit dir zusammen zu sein… jetzt ist mir bewusst, dass ich das nicht gekonnt hätte, hätte ich auch nur geahnt, wer du bist…"

Aiden bewegte sich. Ganz leicht drückte er Ellas Hand.

„Möchtest du mich denn jetzt kennenlernen und erfahren, wer ich wirklich bin?" Aiden sprach leise und hielt die Augen geschlossen.

Ella zuckte vor Schreck zurück. Als Aiden jedoch vorsichtig die Augen öffnete und lächelte, nahm sie sofort wieder seine Hand.

„Hast du etwa alles gehört?" fragte Ella nach.

„Ja, ich habe zumindest gehört, dass du es liebst, mit mir zusammen zu sein und das reicht mir im Moment vollkommen." Aiden hatte noch große Mühe beim Sprechen, aber sein verschmitztes Grinsen war nicht zu übersehen. Er schien auf dem Weg der Besserung zu sein und Ella lächelte.

„Du bist unmöglich! Aber auch das ist mir bewusst!" Sie wischte sich erleichtert die Tränen von den Wangen.

„Ella, wie geht es George?"

„George?" fragte Ella nach.

„Der Kassierer aus der Tankstelle, wie geht es ihm?"

Ella zuckte mit den Schultern.

„Das kann ich dir nicht sagen. Ich erkundige mich aber gerne, wenn du möchtest", antwortete Ella.

„Ja, bitte!"

Ella ging sofort los. Aiden spürte, dass er plötzlich wieder müde wurde….solange Ella nicht da war, konnte er sich noch ein wenig ausruhen…

Das Herzfrequenzüberwachungsgerät begann Alarm zu schlagen, unmittelbar, nachdem Ella Aidens Zimmer verlassen hatte. Sein Herzschlag wurde nicht mehr angezeigt, sein Puls fiel…sofort rannten zwei Schwestern an Ella vorbei in Aidens Zimmer. Ella erstarrte. Wie angewurzelt blieb sie stehen, unfähig sich zu bewegen…Mike sah sie aus dem Foyer. Er eilte herbei, fragte, was los sei. Sie stierte in Aidens Zimmer, in dem mittlerweile auch zwei Ärzte zugegen waren.

Aiden musste sofort reanimiert werden. Die Herz-Lungen-Druck-Massage hatte eine der Schwestern übernommen, bis er schließlich von einem Arzt mit dem Defibrillator geschockt wurde…

Ella brach zusammen. Mike konnte sie gerade noch auffangen…wie konnte das sein? Gerade hatte Aiden noch mit ihr geredet und jetzt war sein Herz stehen geblieben? Was sollte sie noch verkraften? Ella kauerte auf dem Boden und betete. Lange hatte sie Gott nicht mehr angefleht, ihr zu helfen, aber dieser Zeitpunkt war jetzt gekommen. Sie betete für Aiden, sie betete dafür, dass er bei ihr bleiben würde…

In diesem Augenblick des drohenden Verlustes wurde ihr bewusst, was sie wirklich für ihn empfand. Sie würde nie darüber hinwegkommen, ihn hier zurückzulassen, seine Nähe, seinen Charme, seine Zärtlichkeit nicht mehr zu spüren…sie erkannte, dass sie bisher nur angstvoll auf seine Vergangenheit zurückgeblickt hatte, aber nicht gesehen hatte, wie unglaublich stark er aus seinem so furchtbaren Leben hervorgegangen und was für ein wunderbarer Mensch er war. Es war ihm von Geburt an übel mitgespielt worden, so schlimm, dass viele daran zerbrochen wären. Nicht er! Er stand immer wieder auf, kämpfte weiter und sie wusste, dass sie den wahren Aiden bereits gesehen hatte...sie sah ihn mit Millies Augen und verstand...sie wollte ihn kennenlernen, jeden Tag, jede Minute, jede Sekunde mehr.

Mike nahm Ella hoch. Der Arzt, der gerade noch bei Aiden war, stand ihr gegenüber und bat sie, sich hinzusetzen.

„Geht es Ihnen gut?" fragte er besorgt.

Ella schüttelte mit dem Kopf.

„Was ist mit Aiden?"

„Keine Sorge, es geht ihm wieder gut. Ich denke, er hat sich nach der Narkose etwas zu sehr aufgeregt, sodass sein Herz für einen Moment verrückt gespielt hat", antwortete der Arzt.

„Gott, bin ich etwa dafür verantwortlich?"

Der Arzt begann zu lachen. „Es ist gut möglich, dass Sie ihn ordentlich durcheinander gebracht haben, das würde ich auch gut verstehen. Sie müssen sich wirklich keine Sorgen mehr machen. Er ist unglaublich stark und wenn ich das so sagen darf, ein wahrer Held. Er hat den alten Herrn gerettet, als er sich offensichtlich im Kugelhagel vor ihn gestellt hat. George Mc Athur war dank Mr. Huntigton lediglich für eine kurze Zeit bewusstlos und erlitt eine Gehirnerschütterung. Er kann morgen wieder entlassen werden."

„Darf ich wieder zu ihm?" fragte Ella verhalten nach.

„Aber nur, wenn Sie sein Herz nicht wieder so überstrapazieren. Warten Sie damit lieber noch ein paar Wochen und heben Sie sich das für die Hochzeit auf. Er ist doch Ihr Verlobter, nicht wahr?" Der freundliche Arzt hatte eigentlich die Wahrheit verdient, aber Ella wollte Mikes kleine Notlüge nicht auffliegen lassen. Stattdessen nickt sie dankbar.

*

„Ich mag Mike. Er ist wirklich ein netter Kerl." Aiden lächelte, als er das sagte, und nahm Ella in den Arm. Langsam verschwand die Sonne am Horizont.

„Das stimmt. Er ist einfach unglaublich. Unglaublich verrückt und unglaublich lieb. Ich bin ihm sehr dankbar, dass er hier bei mir war und das Geschäft vorerst übernommen hat. Noch habe ich ein wenig Zeit, bevor ich zurückfliegen muss." Ella kuschelte sich an Aiden. Sie hatte vor wenigen Wochen nicht mehr daran geglaubt, je wieder am See zu sitzen und den Sonnenuntergang zu genießen.

„Diese Zeit sollten wir so intensiv wie möglich nutzen, um uns besser kennenzulernen…", flüsterte Aiden und küsste sie auf die Stirn. „Weißt du, dass es George gut geht, ist für mich wie ein kleines Wunder und ein Stück Heilung. Ich hatte Zeit meines Lebens das Gefühl, die Fehler meiner leiblichen Eltern wiedergutmachen zu müssen, um glücklich zu sein. Es war wunderschön, sich im Camp um Kinder zu kümmern, wie ich es nie kennengelernt habe, lieben zu dürfen, wie ich es nicht kannte. Aber die Tat meines Vaters für mich zu verarbeiten, war mir nicht möglich. Ich fühlte mich mitschuldig, weil er einen Menschen umgebracht hatte. Ich hatte lange Zeit in meinem Leben Angst, genauso ein grausamer Mensch zu sein. Aber der Überfall vor ein paar Wochen war ein Glücksfall für meine Seele."

Ella setzte sich auf. „Aiden, du wärst fast gestorben!" Verständnislos sah sie ihn an. Er erwiderte ihren Blick und strich ihr sanft über die Wange.

„Ja, aber vielleicht war genau das nötig, um mit all dem abschließen zu können. Ich habe durch mein intuitives Verhalten den guten George retten können und mich ebenfalls. Der Junge stand sinnbildlich für meinen Vater auf der anderen Seite des Kassenraumes und ich habe nicht zugelassen, dass er jemanden tötet. Verstehst du das? Für mich ist das eine Wiedergutmachung für die Tat meines Vaters. Ich fühle mich nicht mehr mitschuldig, nur weil ich sein leiblicher Sohn bin und habe erkannt, dass ich ihm keineswegs ähnlich bin oder es je sein werde. Der Kreis hat sich an diesem Abend geschlossen und meine Dämonen verscheucht…ich habe nicht mehr das Gefühl, mich verstecken zu wollen und es aufgrund meiner Herkunft zu müssen."

Ella verstand ihn. Sie konnte nur erahnen, wie er jeden Tag seines Lebens gekämpft hatte. Umso schöner war es, diese Worte von ihm zu hören. Nach langem schien es ihm wieder gut zu gehen und sie wusste, dass auch sie dafür verantwortlich war.

Sie küsste ihn sanft und sah die Tränen in seinen leuchtenden Augen. Ella vergrub sich wieder in seinen Armen, hielt ihn fest… denn sie hatte nicht vor, ihn je wieder gehen zu lassen. Er hatte ihr die Angst genommen, vor der Vergangenheit, vor der Zukunft…

sie hatte das Gefühl bei ihm genau am richtigen Platz in ihrem Leben zu sein.

„Danke", flüsterte Aiden leise und seine Stimme brach.

Die beiden spazierten wenig später am Ufer entlang.

„Würdest du mir dein Camp und deine Surfschule zeigen?", fragte Ella unvermittelt.

Aiden sah sie erstaunt an. Bisher war Ella nicht hier gewesen.

„Das würde ich sehr gerne", entgegnete Aiden aufgeregt und zog Ella hinter sich her. Sie rannten ein kleines Stück, bis Aiden Ella hochnahm.

„Au, au...", stöhnte er plötzlich, konnte sich aber das Lächeln nicht verkneifen.

„Du hast Schmerzen, bitte lass mich wieder runter. Du solltest dich noch ein bisschen schonen..." Ella bestand darauf, aber das war Aiden herzlich egal. Er hob sie so hoch er konnte und ließ sie langsam zu sich herunter gleiten, bis sich ihre Lippen berührten.

„Ich habe keine Schmerzen...ich bin einfach nur glücklich...vielleicht zeige ich dir erst einmal mein bescheidenes Heim...", raunte Aiden. Ella hatte nichts dagegen, solange er nicht aufhörte, sie zu küssen...

Nicht weit entfernt stand ein kleines Haus direkt am See. Es wurde durch das schimmernde Wasser angestrahlt...es sah entzückend aus. Aiden zeigte stolz darauf und zog die Augenbraue hoch. Ella warf den Kopf in den Nacken und lachte.

Direkt neben dem Haus befand sich die Surfschule und etwas weiter entfernt am Waldrand schloss sich das Survival-Camp an. Aiden hatte sich über die Jahre viel aufgebaut und war absolut zu Recht stolz darauf.

„Vielleicht ist es ja doch keine so schlechte Idee, Millies Haus zu verkaufen oder zu vermieten", sann Ella nach und zwinkerte Aiden zu.

Dieser schaute sie etwas unsicher an.

„So sehr mir der Gedanke auch gefallen würde, dich hier bei mir zu haben...aber du kannst das Haus nicht einfach verkaufen", sagte er dann ruhig.

„Nicht?" Ella wurde stutzig.

„Nein, nicht ohne meine Zustimmung zumindest und die bekommst du nicht." Aiden legte den Kopf etwas schief und zog eine Braue hoch.

Jetzt war Ella total verwirrt.

„Hast du deine Dokumente nach der Testamentseröffnung etwa nicht gelesen?", grinste Aiden.

„Nein, das habe ich nicht, wenn ich ehrlich bin. Aber ich verstehe nicht..." Ella erinnerte sich an den Tag der Testamentseröffnung. Bevor Mr. Dunken verlesen hatte, dass ihr das Landhaus vererbt würde, hatte er kurz unterbrochen und seiner Sekretärin einen Blick zugeworfen. Das hatte alle Anwesenden etwas irritiert, doch hatten sie sich nichts weiter dabei gedacht.

Langsam schien sich Aiden einen Spaß daraus zu machen.

„Ich habe euch gesehen, an diesem Tag. Ich war vor euch bei Mr. Dunken bestellt…" Mehr sagte er nicht und wartete auf Ellas Reaktion. Sie war jetzt stehengeblieben und schaute ihn fragend an.

„Du warst da? Aber warum denn?" Nach allem, was sie jetzt wusste, kam es ihr schon seltsam vor, dass Millie Aiden nicht in ihrem Testament erwähnt hatte. Sicher aus gutem Grund, denn ihr Vater wäre mit Sicherheit nicht damit einverstanden gewesen. Sie wurde ungeduldig.

„Mr. Huntington, ich wäre Ihnen sehr dankbar, mich nicht länger im Dunkeln tappen zu lassen und das meine ich jetzt nicht nur wörtlich!" Jetzt begann Aiden lauthals zu lachen.

„Mein Gott, ich verstehe mehr und mehr, warum Millie dich so gern gehabt hat", platze es aus ihm heraus.

„Aiden!" Ella boxte ihm in die Seite, dachte aber in diesem Moment überhaupt nicht mehr an seine Verletzung. Er krümmte sich, stöhnte gespielt auf und ließ sich auf den Boden fallen. Ella erschrak. Sofort beugte sie sich zu ihm hinunter. Aiden hatte nur darauf gewartet. Er zog sie zu sich und küsste sie innig. Sie ließ es zu und vergaß für einen Augenblick, dass sie eigentlich eine Antwort von ihm erwartete…

„Du hast recht", sagte Aiden schließlich etwas außer Atem. „Es gab genug Geheimnisse zwischen uns!"

Ella legte sich neben ihn und wartete.

„Millie hat uns das Haus gemeinsam vererbt."

Ella sagte nichts, sondern verlor sich in den Sternen am Abendhimmel.

Plötzlich begann sie zu kichern.

„Was ist?", fragte Aiden.

„Ich finde es gut", antwortete sie gelassen.

Jetzt setzte sich Aiden auf und sah sie verblüfft an. Doch Ella tat nicht so, als müsste sie etwas sagen.

„Mehr hast du dazu nicht zu sagen?"

Stattdessen kicherte sie erneut.

„Tante Millie hat sich das alles ziemlich gut ausgedacht…"

Aiden begann zu überlegen. Das war wohl der Grund gewesen, warum Millie ihm von Ella erzählt hatte…es wäre sicher auch ein großes Drama geworden, wenn sie ihm das Haus allein vererbt hätte…und bei all den Überlegungen auch noch darauf zu hoffen, dass er und Ella einig wurden, war schon ein guter Plan gewesen.

Wahrscheinlich hatte sie auch geplant, dass sie sich verlieben würden...

Aiden legte sich wieder neben Ella.

„Millie war schon ein ziemliches Schlitzohr...", dachte er laut und Ella stimmte lächelnd zu.

„Schließlich sind wir sogar schon verlobt..." Ella konnte sich kaum noch halten vor Lachen, als Aiden sie entrüstet ansah...

„Sagten wir nicht, dass wir keine Geheimisse mehr voreinander haben sollten? Wie kommt es dann, dass ich nicht einmal etwas von unserer Verlobung weiß?"

Aiden begann Ella zu kitzeln.

„Was hast du getan, als ich in Narkose war? Sag schon?" Ella schrie fast, aber Aiden hörte nicht auf.

„Sie hätten mich sonst nicht zu dir gelassen. Also fiel Mike diese kleine Notlüge ein, von der ich selbst überrascht wurde", keuchte sie.

„Unglaublich!", lachte Aiden und erstickte ihr Keuchen mit einem Kuss.

„Diese Nacht ist so herrlich...was hältst du davon, wenn wir sie einfach hier draußen genießen? Ich habe da ein paar sehr gemütliche Zelte frei...", hauchte Aiden, ohne von ihr abzulassen.

„Sehr gerne…“, gab Ella zurück und versank in den Armen des Mannes, den sie zu lieben begann…

Erinnerungsschatten

270

...Neubeginn

...man kann es fühlen, spüren, kann es sehen,

mit Zuversicht langsam vorwärts gehen.

Hinein in eine Zukunft, die noch ungewiss,

aber Hoffnung keimen lässt...

Der Verstand hegt noch Zweifel, doch die Seele tut es nicht,

denn wenn die große Last von ihr bricht,

atmet sie dankbar auf,

nimmt jeden schweren Schritt in Kauf.

Der junge Traum gehört der Vergangenheit an,

den man jetzt hinter sich lassen kann.

Wenn es uns noch einmal vergönnt

und uns nichts mehr von unseren Leben trennt,

werden wir neue Träume haben.

Sehnsucht und Hoffnung werden uns tragen,

ohne jugendliche Ungeduld,

weg von Erinnerung und Schuld.

Diana Hübner

Danke

Ich möchte mich auf diesem Weg bei allen bedanken, die mir geholfen haben, diesen Roman fertigzustellen.

Ein besonderer Dank gilt meiner lieben Freundin und Lektorin Heidi. Du hast dich erneut mit Geduld und Hingabe an die Korrektur dieser Zeilen gemacht...und es tut mir wirklich leid, dass ich offenbar nach mittlerweile acht Romanen noch immer nicht begriffen habe, wann ich ein Komma setzen muss und wann nicht…

Aber dafür, dass du dir trotz deiner sehr schweren und traurigen Zeit nach dem Verlust deines geliebten Mannes die Mühe gemacht hast, mein Manuskript durchzuarbeiten, werde ich dir nie genug danken können… Du bist und bleibst eine wunderbare und starke Frau. Dich in meinem Leben zu haben, bedeutet mir mehr, als ich es je ausdrücken könnte. Danke für dich!

Und ich danke dir, Jeannette, meine kleine Managerin. Deine Hilfe und Unterstützung in allen Lebenslagen und vor allem, wenn es um meine Geschichten geht, motiviert mich stets aufs Neue. Du gibst mir das Gefühl, das tun zu dürfen, was ich liebe. Auch wenn ich es immer wieder infrage stelle, machst du mir Mut, diesen Weg weiterzugehen. Danke, dass es dich gibt!

Selbstverständlich bedanke ich mich bei meiner wunderbaren Familie. Euer Verständnis und das Zugestehen von Zeit und Raum für meine Bücher, macht mich wirklich sehr glücklich. Ich danke und liebe euch dafür!

Nicht zuletzt möchte ich mich aus tiefstem Herzen bei meinen Lesern bedanken. Es erfüllt mich mit Stolz und Freude, mich mit Ihnen bei einer Lesung oder einem Gespräch auszutauschen und Ihre Eindrücke zu erfahren. Herzlichen Dank!

PS: Sollten Sie trotz des Lektorates und Korrektorates noch Fehler im Text gefunden haben, können Sie die gerne behalten ;-)

Alles Liebe und eine angenehme Zeit!

Diana Hübner

Ebenfalls bei BoD erschienen:

„Traumleuchten" 2014
ISBN: 978-3-735-74029-8

„Seelentrost" 2014
ISBN: 978-3-738-60735-2

„Un(d)endlich ich!" 2015
IBSN: 978-3-734-78486-6

„Tor zur Vergangenheit" 2016
ISBN: 978-3-738-63390-0

„Finde mich!" 2017
ISBN: 978-3-743-16654-7

„Mutterlüge" 2018
ISBN: 978-375-285197-7

„Wenn das Leben einfach passiert" 2019
ISBN: 978-3749470631

Erinnerungsschatten

276

Lektorat und Korrektorat:
Adelheid Deschner, Brünn, Thüringen
Covergestaltung/Bild und Design:
Jeannette Gabriel, Suhl, Thüringen

Impressum

Herstellung und Verlag:
BoD-Books on Demand, Norderstedt
© Diana Hübner / Oktober 2020
ISBN: 978-3-7526-1247-9

Erinnerungsschatten